~introduction~
イントロダクション
災《わざわ》いをもたらす怪物《かいぶつ》・ネメシス——
人々《ひとびと》は、その恐怖《きょうふ》におびえていた
その脅威《きょうい》に立《た》ちむかえる
唯一《ゆいいつ》の存在《そんざい》——
それが、魔法使《まほうつか》い！

~caractère~

人物紹介《じんぶつしょうかい》

セト

魔法使《まほうつか》い見習《みなら》いの少年《しょうねん》。カッコいい大魔法使《だいまほうつか》いをめざして、日々《ひび》、魔法《まほう》の特訓《とっくん》に励《はげ》んでいる。不器用《ぶきよう》で失敗《しっぱい》ばかりだが、いつも明《あか》るく、自分《じぶん》の信念《しんねん》をまっすぐにつらぬく。ネメシスに触《ふ》れた呪《のろ》いとして頭《あたま》に２本《ほん》のツノが生《は》えている。得意技《とくいわざ》は「タイタン・パンチ」！

アルマ

ベテランの魔法使《まほうつか》いで、セトの育《そだ》ての親《おや》。ネメシスを追《お》いかける追跡《ついせき》ハンター。呪《のろ》われた存在《そんざい》の魔法《まほう》使《つか》いと普通《ふつう》の人間《にんげん》はわかりあえないと考《かんが》えている。怒《おこ》ってばかりだが、セトのことを心配《しんぱい》する一面《いちめん》も。

ミスター・ボブリー

メリと行動《こうどう》をともにする友《とも》だちみたいな存在《そんざい》。鳴《な》き声《ごえ》は「ピュイ」

メリ

真《ま》っ赤《か》なモジャ髪《かみ》が特徴《とくちょう》の少女《しょうじょ》魔《ま》法《ほう》使《つか》いで、アルテミス学院《がくいん》所属《しょぞく》の待《ま》ちぶせハンター。優《やさ》しくて、控《ひか》えめで、ちょっと天然《てんねん》な女《おんな》の子《こ》だが、呪《のろ》いが発動《はつどう》すると大変《たいへん》なことになってしまう…。得意技《とくいわざ》は「防御魔法《ぼうぎょまほう》」で、ほしいものは「友《とも》だち」！

ドク

アルテミス学院《がくいん》所属《しょぞく》の研究者《けんきゅうしゃ》。セト同様《どうよう》、ネメシスに触《ふ》れた感染者《かんせんしゃ》だが、魔法《まほう》を学《まな》ばない道《みち》を選《えら》んだ。極度《きょくど》の怖《こわ》がりで、危《あぶ》ないことを避《さ》けて生《い》きたいと思《おも》っているのに、なぜかいつもやっかいごとに巻《ま》きこまれてしまう。

ドラグノフ

魔法使《まほうつか》いを取《と》りしまる異端審《いたんしん》問官隊長《もんかんたいちょう》。けだるげに見《み》えるが、実力《じつりょく》は高《たか》く、とても優秀《ゆうしゅう》。

マスター・ロード・マジェスティ

魔法使《まほうつか》いがあつまる研究都《けんきゅうと》市《し》・アルテミス学院《がくいん》の創設《そうせつ》者《しゃ》。見《み》た目《め》はかわいらしい黄色《きいろ》い猫《ねこ》なのだが…。

片田舎《かたいなか》に住《す》む、
見習《みなら》い魔法《まほう》使《つか》い・セトは
ネメシスを倒《たお》すため、
その巣《す》があるといいつたえられる
伝説《でんせつ》の地《ち》“ラディアン”をさがす旅《たび》にでる！
これは
“大《だい》魔《ま》法《ほう》使《つか》い”を
めざす
ひとりの少年《しょうねん》の
物語《ものがたり》！

ラディアン

アニメノベライズ
～見習い魔法使い・セトの冒険～

トニー・ヴァレント・原作
沢村光彦・著
上江洲 誠／重信 康／蒼樹靖子・脚本

集英社みらい文庫

ここは『ファンタジア』と呼《よ》ばれる力《ちから》にあふれた世界《せかい》——
その力《ちから》をあつかえるものは、英雄《えいゆう》にも、悪魔《あくま》にもなりえる……。

空《そら》から怪物《かいぶつ》たちがふってくる……。
神《かみ》があたえたもうた〝罰《ばつ》〟か？
悪魔《あくま》の〝攻撃《こうげき》〟か？　大自然《だいしぜん》の〝怒《いか》り〟か？
たしかなのは『ネメシス』と呼《よ》ばれるこの怪物《かいぶつ》たちが、
災《わざわ》いをもたらすこと……。
ふれた人間《にんげん》に恐怖《きょうふ》と死《し》をあたえ、
残《のこ》ったとしても、消《け》せない呪《のろ》いをあたえる。

この危険《きけん》な〝敵《てき》〟にたちむかう者《もの》たちがいる。
ネメシスにふれ、生《い》き残《のこ》り、呪《のろ》いをその身《み》にきざみ……
ときにネメシス以上《いじょう》におそれられる〝けがれた者《もの》〟たち……。
――『魔法使《まほうつか》い』――
これは世界《せかい》を救《すく》うために大魔法使《だいまほうつか》いをめざす、
ひとりの少年《しょうねん》の物語《ものがたり》である。

第《だい》1章《しょう》 セト

この世界《せかい》は一見《いっけん》すると、ひどく不安定《ふあんてい》なバランスでなりたっていた。星《ほし》に根《ね》ざした頑丈《がんじょう》な岩盤《がんばん》の柱《はしら》の上《うえ》に大地《だいち》がひろがり、人々《ひとびと》の暮《く》らしの――文字《もじ》どおり――〝受《う》け皿《ざら》〟となっている。その大《おお》きさはさまざまだ。大陸《たいりく》も、島《しま》も、ちょうど浮《う》き島《しま》のようなかっこうで、住人《じゅうにん》たちの生活《せいかつ》を支《ささ》えているのだ。

ここポンポ・ヒルズ21番島《ばんとう》は、ひいき目《め》に見《み》ても大都会《だいとかい》ではない。人口《じんこう》は少《すく》なく、建物《たてもの》も小規《しょうき》模《ぼ》なものばかりの田舎町《いなかまち》である。

だからこそ、ひっそりと生《い》きていきたい者《もの》にとっては都合《つごう》のいい土地《とち》だといえた。たとえば、そう、『魔法使《まほうつか》い』と呼《よ》ばれる者《もの》たちにとって……。

田舎町《いなかまち》とはいえ中心部《ちゅうしんぶ》にあたるこのあたりは、おおぜいの人《ひと》で常《つね》ににぎわっている。食《た》べ物《もの》や日用品《にちようひん》を売《う》る商店《しょうてん》、道《みち》の両側《りょうがわ》に建《た》ちならぶ露天商《ろてんしょう》……。その一角《いっかく》に、少々《しょうしょう》あやしい人《ひと》影《かげ》があった。その人影《ひとかげ》は地上《ちじょう》を歩《ある》くかわりに、商店《しょうてん》や民家《みんか》の屋根《やね》の上《うえ》を走《はし》りつづけている。

彼《かれ》の名《な》はセト。まだ見習《みなら》いの『魔法使《まほうつか》い』だ。

屋根《やね》づたいに移動《いどう》するのは、なるべく人目《ひとめ》につかないためだ。目立《めだ》つ行動《こうどう》をさけろというのが、育《そだ》ての親《おや》であり師匠《ししょう》でもある魔法使《まほうつか》い、アルマの言《い》いつけである。

アルマは、人間《にんげん》の敵《てき》＝ネメシスを退治《たいじ》しながら世界《せかい》を旅《たび》する、『ネメシスハンター』だ。人《ひと》に感謝《かんしゃ》されこそすれ、きらわれたり怖《こわ》がられたりする理由《りゆう》などないはずだ。けれどもこの世界《せかい》の常識《じょうしき》はちがう。魔法使《まほうつか》いをいみきらうのは、どこの住人《じゅうにん》も同《おな》じだ。面《めん》とむかって「でていけ」と言《い》われたことも一度《ど》や二度《ど》ではなかった。


まるでサルが樹《き》から樹《き》へととびうつるように、屋根《やね》づたいに走《はし》りつづけるセト。この先《さき》の森《もり》では、ポンポ・ヒルズでただひとりの友達《ともだち》であるトミーが、セトがくるのを待《ま》っているはずだ。

(待《ま》ってろよ、トミー！　今日《きょう》はものすげえ魔法《まほう》を見《み》せてやるからな！)

トミーが待《ま》つ森《もり》まで、あともう少《すこ》しだ……。

力《ちから》いっぱい屋根《やね》をけとばしたセトは、そのまま空《そら》へむかって大《おお》きくとびあがった。

「う、うわっ!?　セト！」

とつぜん、空《そら》からふってきたセトを見《み》て、トミーが目《め》をむき、大声《おおごえ》をあげた。

「悪《わる》い、悪《わる》い！　おそくなってごめんな！」

着地《ちゃくち》したいきおいでフードが完全《かんぜん》にめくれあがり、セトのツンツン頭《あたま》と、そのてっぺんにある『モノ』が丸見《まるみ》えになった。頭《あたま》にはえた一対《いっつい》の小《ちい》さなツノ……セトがふつうの人間《にんげん》ではなく、『魔《ま》法使《ほうつか》い』だという、これがその証《あか》しである。

「おそいよ、セト。魔《ま》法《ほう》を見《み》せてくれるっていうから、楽《たの》しみに待《ま》ってたのに……」

そのためにトミーは、このひとけのない森《もり》でセトを待《ま》ちつづけていたのだ。

「わかってるって！　待《ま》たせちまったぶん、とっておきの魔《ま》法《ほう》を見《み》せてやるぜ」

セトは背負《せお》っていたリュックをあけた。なかからばさばさと落《お》ちてきたのは数冊《すうさつ》の魔導書《まどうしょ》。アルマの本棚《ほんだな》から持《も》ちだしてきたものだ。……もちろんナイショで。

「その本《ほん》、家《いえ》から持《も》ってきたの？　またアルマさんに怒《おこ》られるよ」

心配《しんぱい》そうにセトの顔《かお》をのぞきこむトミー。一瞬《いっしゅん》、アルマのゲンコツを思《おも》いだしたセトは、すぐさまそれを頭《あたま》からふりはらった。

「見《み》つからないうちに戻《もど》しておけばだいじょうぶさ！　それに、これはアルマのためでもあるしな」

「アルマさんの？」

「早《はや》く一人前《いちにんまえ》の魔法使《まほうつか》いになって、ネメシスをぶっとばしてやるんだ。アルマのかわりにな！」

セトはこれまでずっとアルマに守《まも》られてきた。しかし自分《じぶん》が一人前《いちにんまえ》になればアルマの負担《ふたん》を減《へ》らすことができる。アルマに『守《まも》られる』立場《たちば》から、アルマを『守《まも》る』存在《そんざい》になりたい……それがセトの願《ねが》いであり、自分自身《じぶんじしん》に課《か》した宿題《しゅくだい》でもあった。

セトは魔導書《まどうしょ》のページをてきとうにめくりながら、今日《きょう》、挑戦《ちょうせん》する魔法《まほう》にあたりをつける。

「よし、これにしよう！」

描《えが》かれたさし絵《え》のまねをして、ぎこちなく両手《りょうて》をかかげるセト。そこに『ファンタジア』を集《あつ》めてやれば、あとは呪文《じゅもん》を唱《とな》えるだけで魔法《まほう》を発動《はつどう》させることができるはずだ。

ファンタジア――それは魔法使《まほうつか》いの力《ちから》の源《みなもと》であり、この世界《せかい》をあまねく満《み》たすエネルギーである。このファンタジアを魔法使《まほうつか》いは自在《じざい》にあやつり、『魔法《まほう》』と呼《よ》ばれる力《ちから》に変《か》える。ぜんぶアルマのうけうりだが、とりあえずセトも〝そういうふう〟に理解《りかい》していた。

周囲《しゅうい》をとりまくファンタジアを肌《はだ》で感《かん》じて、その力《ちから》をつかみとることさえできれば、使《つか》いこなせない魔法《まほう》はない……。

腹《はら》の底《そこ》からしぼりだすように、セトがありったけの声《こえ》で叫《さけ》ぶ。

「メテオール・ドロップス！」

……。

………なにも起《お》こらなかった。

穴《あな》のあいた風船《ふうせん》のように、集《あつ》めたファンタジアがセトの手《て》をすりぬけていくのがわかる。

「なんにもでないじゃん！」

「え？　い、いや、いまのはなし！　えーと、だったら……これならどうだ！　リパルス！」

…………今度《こんど》の結果《けっか》も、また同《おな》じだった。魔《ま》法《ほう》どころか、そよ風《かぜ》すら吹《ふ》いてくれない。

「やっぱりダメじゃないか。なんだよ、セト、魔《ま》法《ほう》を使《つか》えるってウソだったの？」

（ううっ、このままじゃ、トミーにケーベツされちまう！）

「う、ウソなんかじゃねーってば！」

セトは魔導書《まどうしょ》をほうりだし、トミーにむかって胸《むね》をはってみせた。

「こうなったら、オレの編《あ》みだしたオリジナル魔《ま》法《ほう》を見《み》せてやる！」

「オリジナル魔《ま》法《ほう》!?　セトの？　まさか、できっこないよ！」

「できるさ！　オレは魔《ま》法《ほう》使《つか》いだぞ！」

「魔《ま》法《ほう》使《つか》いはアルマさんでしょ？　セトは見《み》習《なら》いじゃんか」

「いいから見《み》てろって。……ムッ！」

顔《かお》の前《まえ》でかまえた右手《みぎて》にセトは精神《せいしん》を集中《しゅうちゅう》させた。そこになにかが集《あつ》まってくる感覚《かんかく》がある。まちがいなくファンタジアだ。これを逃《に》がすわけにはいかない。

五感《ごかん》を総動員《そうどういん》し、神経《しんけい》をとぎすますと、はっきりとファンタジアの気配《けはい》にふれることができた。

（そうだ、これだ！　今度《こんど》こそ、きっと……！）

セトの拳《こぶし》を中心《ちゅうしん》にファンタジアが渦《うず》をまく。その渦《うず》が大《おお》きな力《ちから》となってセトの身体《からだ》全体《ぜんたい》に伝《つた》わってくる。拳《こぶし》から火花《ひばな》がほとばしるような〝この感《かん》じ〟……錯覚《さっかく》ではないはずだ。

ファンタジアの渦《うず》を逃《に》がさないように気《き》をつけながら、セトはかたわらにあったひとかかえほどの岩《いわ》を持《も》ちあげた。ちょうどいい、これなら魔法《まほう》の〝的《まと》〟にうってつけだ……。

「タ～イタ～ン……」

ふりかぶった拳《こぶし》をその岩《いわ》めがけて、セトは全力《ぜんりょく》でふりおろした！

「……パーンチッ!!」


バコンッ!!


火薬《かやく》でもしこまれていたように、岩《いわ》が大《おお》きくはじけとんだ。と同時《どうじ》に、セトは右手《みぎて》にはげしい痛《いた》みを覚《おぼ》えて、その場《ば》にひっくりかえる。

「い、痛《い》てててててっ！　……で、でも、どうだ、見《み》たか？　オレのオリジナル魔法《まほう》、タイタン・パンチの威力《いりょく》！」

「す、すごいや、セト！　あんな大《おお》きな岩《いわ》が牧場《ぼくじょう》のほうまで飛《と》んでいったよ！」

「へっへ～ん。オレが本気《ほんき》をだせば、ざっとこんなもんさ！」

大喜《おおよろこ》びするトミーに、セトが思《おも》いきり胸《むね》をはってみせたそのとき――


ガッシャーン!!

すぐそばの高台《たかだい》にある牧場《ぼくじょう》の方角《ほうがく》から、なにかがハデにこわれたような音《おと》が聞《き》こえてきた。それにつづいて――

ドドドドドド……

地鳴《じな》りのような音《おと》がこちらに近《ちか》づいてくる。

ドドドドドドドドドドドドドドドド……！

地鳴《じな》りはどんどん大《おお》きくなり、立《た》ちのぼる土煙《つちけむり》のなかからやがてその正体《しょうたい》をあらわした。

ウモ～～～～～～～～ッ!!

「な、なんだ、あれ!?」

「セト、牛《うし》だ！　牛《うし》の大群《たいぐん》がこっちに!!」

そう、それはまさしく牛《うし》の大群《たいぐん》だった。セトのパンチを受《う》けた大岩《おおいわ》は牧場《ぼくじょう》まで飛《と》んでいき、牛小屋《うしごや》にぶつかり、めちゃくちゃにぶちこわしていた。おどろいたのは、のんびり草《くさ》を食《た》べていた牛《うし》たちである。とつぜんのことに

おどろき、あわてふためいた牛《うし》たちは牧場《ぼくじょう》の柵《さく》をおしたおし、いっせいに暴走《ぼうそう》を始《はじ》めたのである！

ウモモモモ〜〜〜〜〜ッ!!

牛《うし》の群《む》れは、セトとトミーのすぐそばまでせまっていた。

「ど、どうするの、セト!?」

「どうするもこうするも……できることはひとつだけだろ。……逃《に》げるぞ、トミー!!」

セトとトミーは全速力《ぜんそくりょく》でかけだしていった。

「お客《きゃく》さん、残念《ざんねん》でしたな。ご所望《しょもう》のロープと木材《もくざい》は、ちょうどいま売《う》りきれたところで……」

商店街《しょうてんがい》の一角《いっかく》にある船具商《ふなぐしょう》の店先《みせさき》で、ひとりの女性《じょせい》が顔《かお》をしかめていた。彼女《かのじょ》の名《な》はアルマ。

すご腕《うで》の魔法使《まほうつか》いにして、セトの育《そだ》ての親《おや》である。

アルマとセトはゴンドラつきの気球《ききゅう》を住《す》み家《か》にしている。ネメシスと戦《たたか》い、旅《たび》をつづける生活《せいかつ》には、それがもっとも都合《つごう》がいいのだ。各地《かくち》の村《むら》や町《まち》をおとずれる際《さい》には、その上空《じょうくう》に停《と》めた気《き》球《きゅう》で寝泊《ねと》まりをする。その土地《とち》の住人《じゅうにん》が暮《く》らす陸上《りくじょう》に降《お》りたつことはほとんどない。

といっても、どうしても町《まち》に行《い》かなければならない場合《ばあい》もある。魔法使《まほうつか》いも腹《はら》は減《へ》るし、服《ふく》も着《き》る。病気《びょうき》になることもあれば、住《す》まいに修繕《しゅうぜん》が必要《ひつよう》なこともある。食《た》べ物《もの》や薬《くすり》、生活用品《せいかつようひん》などはカネをはらって手《て》にいれるしかない。今日《きょう》、この船具商《ふなぐしょう》をたずねた理由《りゆう》もそれだった。

「ロープも木材《もくざい》もぜんぶ売《う》りきれ？　ふん、それでよく商売《しょうばい》がなりたつね」

あきれたように鼻《はな》を鳴《な》らして、アルマが店主《てんしゅ》の顔《かお》を見《み》つめた。

「そ、そんなわけで、今日《きょう》はもう店《みせ》を閉《し》めますんで、またのおこしを……！」

おざなりな笑顔《えがお》でこたえた店主《てんしゅ》が、そそくさと顔《かお》をそむける。店《みせ》の奥《おく》からは店主《てんしゅ》の女房《にょうぼう》が、困《こま》ったような視線《しせん》をアルマにむけていた。

いつもと同《おな》じだ。相手《あいて》が魔法使《まほうつか》いというだけで、どんな商人《しょうにん》もかんたんには品物《しなもの》を売《う》ってくれない。アルマにはもうなれっこだった。だがなれているからといって、やりきれない思《おも》いまで消《け》し去《さ》れるわけではない。それに今回《こんかい》はどうしても必要《ひつよう》な資材《しざい》を買《か》いにきたのだ。このままだまって帰《かえ》るわけにはいかなかった。

「ちょっと、あんた。売《う》りきれなんてウソだろ。ロープも木材《もくざい》もあるのがバレバレだよ」

「い、いえ、まさか、そんな、めっそうもない！」

アルマににらみつけられた店主《てんしゅ》が、真《ま》っ青《さお》になって首《くび》をふった。

「あたしはただ買《か》い物《もの》をしたいだけさ。それのどこが気《き》にいらないってんだい？」

「ひいっ！　やめて、暴力《ぼうりょく》だけは‼」

「なんにもしてないだろ！」

「そ、そんなこと言《い》ったって、俺《おれ》は知《し》ってるんだぞ！」

店主《てんしゅ》はがたがたふるえながら、それでもアルマに言《い》いかえしてきた。

「あんた、近《ちか》くに住《す》みついた魔法使《まほうつか》いだろ！」

とうとうひらきなおったのか、店主《てんしゅ》がアルマに早口《はやくち》でまくしたてる。

「魔法使《まほうつか》いにはなにも売《う》れねえよ！　ロープと板《いた》を使《つか》って子《こ》どもをさらい、いけにえにする気《き》だろ！」

「なんだい、そりゃ……。よーくお聞《き》き。ひとつ、さっきも言《い》ったように、あたしは買《か》い物《もの》がしたいだけだ。ふたつ、あんたも子《こ》どもも、いけにえなんぞにする気《き》はない。みっつ――」

店主《てんしゅ》の目《め》の前《まえ》に顔《かお》を近《ちか》づけたアルマが、よりいっそうすごみのある声《こえ》でつづける。

「……あんたに、選択《せんたく》の余地《よち》はない」

「ひっ……！」

「あたしの言《い》うことが聞《き》けなきゃ……店《みせ》ごと吹《ふ》きとばすよ」

「は、はいっ！　ただいまお持《も》ちします!!」

店《みせ》のなかへかけこんでいく店主《てんしゅ》を見《み》て、アルマが舌打《したう》ちした。

「ちっ、やっぱりあるんじゃないか」

やれやれと肩《かた》をすくめながら、大《おお》きなため息《いき》をひとつついたとき――

「……ん？」


ドドドドドドドドドドド……!!


道《みち》のむこうから耳《みみ》ざわりな音《おと》が聞《き》こえてきた。音《おと》がどんどん近《ちか》づくにつれて、アルマの立《た》つこの場所《ばしょ》にまで地《じ》ひびきが伝《つた》わってくる。

「なんのさわぎだい、これは？」

音《おと》のでどころに目《め》をこらすと、こちらに走《はし》ってくる人影《ひとかげ》が見《み》えた。人影《ひとかげ》はふたつ。どちらもまだ子《こ》どものようだ。そのひとつには見覚《みおぼ》えがある。両手両足《りょうてりょうあし》をばらばらにふりまわすマヌケな走《はし》り方《かた》……あきらかにアルマのよく知《し》る人物《じんぶつ》だった。

（セト!?　ちっ、またなにかやらかしたね……！）

そのトラブルの正体《しょうたい》はアルマにもすぐにわかった。必死《ひっし》の形相《ぎょうそう》で走《はし》ってくるセトと、そしてトミーのすぐうしろを、たくさんの牛《うし》の群《む》れが追《お》いかけてきたのだ！

「セトの奴《やつ》！　なにをしでかしてくれたんだいっ！」

暴走《ぼうそう》する牛《うし》たちを見《み》て、その場《ば》にいた人間《にんげん》たちはおどろき、叫《さけ》び、あわをくって逃《に》げまどった。

「いったいなにごとだ!?」

「ああっ！　あれは、うちの家畜《かちく》だ！　だれが柵《さく》をこわしやがった！」

牛《うし》の群《む》れは道行《みちゆ》く人《ひと》たちをおしのけて、建《た》ちならぶ店《みせ》の軒先《のきさき》をめちゃくちゃにしながら商店街《しょうてんがい》をかけぬけていく。

住人《じゅうにん》のひとりが、まるで牛《うし》を先導《せんどう》するように走《はし》ってきたセトに気《き》づいた。

「セトだ！　またあいつのしわざか！」

牛《うし》の鼻先《はなさき》に背中《せなか》をつつかれそうになりながら、セトが涙目《なみだめ》でつぶやく。

「うう、またやっちまった……！　こんなとこ、もしもアルマに見《み》つかったら、ゲンコツどころか殺《ころ》されちま……うあっ!?」

セトの頭《あたま》のなかが真《ま》っ白《しろ》になった。道《みち》のむこうからこちらを見《み》つめる人物《じんぶつ》と、たったいま、目《め》があったのだ。仁王立《におうだ》ちのままセトに視線《しせん》をむけていたのは、もちろんアルマ本人《ほんにん》だった。

「げげっ、アルマ!?」

「セ〜ト〜……」

セトと牛《うし》たちの行《ゆ》く手《て》に、アルマがすっくと立《た》ちはだかった。

「話《はなし》はあとだよ。おまえはどいてな！」

アルマに命《めい》じられたセトがひらりと身《み》をかわし、間一髪《かんいっぱつ》で牛《うし》の群《む》れをやりすごす。そのまま暴《ぼう》走《そう》してくる牛《うし》たちの前《まえ》で、手《て》にしたヤリをかかげるアルマ。ヤリの先端《せんたん》を中心《ちゅうしん》に周囲《しゅうい》の空気《くうき》が渦《うず》をまきはじめる。あたりをとりまくファンタジアがいま、一点《いってん》に集《あつ》まろうとしていた。

「はあっ!!」

アルマの気合《きあ》いとともに、あふれだしたファンタジアのエネルギーがつむじ風《かぜ》となって、暴走《ぼうそう》してきた牛《うし》の大群《たいぐん》を包《つつ》みこんだ。牛《うし》たちの身体《からだ》が次々《つぎつぎ》と宙《ちゅう》に浮《う》きあがる。浮《う》きあがった牛《うし》たちは一頭《いっとう》ずつ地面《じめん》にふってきて、積《つ》み木遊《きあそ》びでもするようにうずたかく積《つ》みあげられていく……。

牛《うし》のピラミッドのできあがりだった。


モ〜〜〜……

ピラミッドの壁《かべ》と化《か》した牛《うし》たちはすっかりおちついた様子《ようす》で、のんきに声《こえ》をあげている。あたりはまるでなにごともなかったかのように、もとの姿《すがた》をとりもどしていた。

「すげえや！　さすがはアルマだ！」

歩《あゆ》みよってきたセトを、アルマがどなりつける。

「他人様《ひとさま》にめいわくばっかりかけてるんじゃないよ！」

「い、いや〜、ちょっと岩《いわ》をぶんなぐったら、牧場《ぼくじょう》に飛《と》んでいっちまったみたいで……」

「いいわけは聞《き》きたくないね！　……あとでおしおきだよ」

そのとき、小石《こいし》が飛《と》んできてアルマの顔《かお》にぶつかった。気《き》がつくと、住人《じゅうにん》たちがアルマとセトをとりかこんでいる。

「この魔法使《まほうつか》いめ！」

「俺《おれ》たちの町《まち》を荒《あ》らすんじゃねえ！」

「家畜《かちく》の柵《さく》をめちゃくちゃにしやがって！」

セトは思《おも》わずアルマをかばい、彼女《かのじょ》の前《まえ》で両手《りょうて》をひろげた。

「お、おい、聞《き》いてくれ！　ちがうんだ！　牛《うし》の柵《さく》をこわしちまったのはオレだ、アルマじゃない！　アルマはみんなを助《たす》けてくれたんだぜ！」

「うるせえ！　さわぎばっかり起《お》こしやがって！」

「魔法使《まほうつか》いなんざ、とっととでていけ！」

「せ、セト!!」

おくれて人《ひと》の輪《わ》にとびこんできたトミーが、セトにかけよろうとしたとき、近《ちか》くの住人《じゅうにん》がその腕《うで》をつかんで制止《せいし》した。

「トミー！　また魔法使《まほうつか》いの小僧《こぞう》と遊《あそ》んでたのか！　あいつに近《ちか》づくなって、親父《おやじ》さんからも言《い》われてるだろ！」

言《い》いかえそうとしたトミーだが、大人《おとな》ににらみつけられてはだまるよりほかない。

「ネメシスもいないこんな田舎《いなか》に魔法使《まほうつか》いがくるなんて、ああ、不吉《ふきつ》だわ！」

「そ、そんな！　魔法使《まほうつか》いだからって……！」

反論《はんろん》しかけたセトの肩《かた》をぽんとたたいてから、アルマが住人《じゅうにん》たちに背中《せなか》をむけた。

「悪《わる》かったね。弁償《べんしょう》だったら、いくらでもするよ」

その言葉《ことば》から感《かん》じとれるのは、怒《いか》りでも悲《かな》しみでもない。そこにあるのは、どこまでも透明《とうめい》で、すべての感情《かんじょう》を捨《す》てきった〝あきらめ〟だった。

「行《い》くよ、セト。こうなったら話《はな》すだけムダさ。何度《なんど》も言《い》ったろ？　みんな、あたしらが怖《こわ》いんだ」

怒《いか》りのおさまらない住人《じゅうにん》たちがアルマとセトをとりかこもうとしたとき、ふたりの背中《せなか》を突風《とっぷう》が吹《ふ》きぬけた。風《かぜ》が通《とお》りすぎたあと、アルマとセトはもうどこにもいなかった……。

住人《じゅうにん》たちのはるか頭上《ずじょう》の空《そら》を、アルマとセトを乗《の》せた魔法《まほう》の箒《ほうき》が飛《と》んでいた。

「なあ、アルマ！　アルマはちっとも悪《わる》くないだろ！　悪《わる》いのは、オレだよ！」

「ああ、そうさ。あんたが悪《わる》い。でもね――」

セトのほうを見《み》ないまま、アルマが静《しず》かな声《こえ》でこたえる。

「……ばかなあんたにはわからないだろうけど、そんな問題《もんだい》じゃないんだよ」

たしかにセトにはわからなかった。ひょっとすると、わかりたくなかったのかもしれない。

「……」

それきりだまりこんだふたりを乗《の》せて、箒《ほうき》が静《しず》かに高度《こうど》を上《あ》げていった……。

第《だい》2章《しょう》　ネメシス

ポンポ・ヒルズの上空《じょうくう》に一基《いっき》の気球《ききゅう》が浮《う》かんでいる。その下《した》につりさげられたトンガリ屋根《やね》のゴンドラがアルマとセトの家《いえ》だ。

「こんなの、ひでえよ、アルマ！」

命綱《いのちづな》一本《いっぽん》でぶらさがったセトが、ゴンドラの外壁《がいへき》にへばりついて不満《ふまん》の声《こえ》をあげた。

「家《いえ》の壁《かべ》をぜんぶ掃除《そうじ》しろなんて、おしおきが重《おも》すぎるぞ！」

「これでもあますぎるくらいだよ」

アルマの冷《つめ》たい声《こえ》が家《いえ》のなかから聞《き》こえた。

「いつぞやは農園《のうえん》を火事《かじ》にして池《いけ》の水《みず》をひあがらせた。今日《きょう》は今日《きょう》で牧場《ぼくじょう》を破壊《はかい》したあげく、家《か》畜《ちく》といっしょに走《はし》りまわって、町中《まちじゅう》を敵《てき》にまわしたんだよ。いいかい？　当分《とうぶん》はあの島《しま》に降《お》りるのは禁止《きんし》だ」

「いつまでさ？」

「あたしが、いいって言《い》うまでだよ！」

命綱《いのちづな》がふるえるほどの大声《おおごえ》でアルマが叫《さけ》んだ。

「あんたの頭《あたま》のなかは、いったいどうなってるんだい!?　もしもだれかが異端審問官《いたんしんもんかん》に通報《つうほう》したりしたら、とっつかまって処刑《しょけい》されてもおかしくないんだ！」

「うっ……」

「あんたがちょいちょい、あたしの魔導書《まどうしょ》を持《も》ちだしてるのも知《し》ってるんだからね。あれももちろん禁止《きんし》だからね」

「なっ!?　ちょ、ちょっと待《ま》ってくれよ！　あれはさ、オレも早《はや》く一人前《いちにんまえ》の魔法使《まほうつか》いになりたくって、だから——」

「おだまり！　なにが一人前《いちにんまえ》の魔法使《まほうつか》いだい。一人前《いちにんまえ》の人間《にんげん》にすらなれていない子《こ》どものくせに」

「くっ、子《こ》どもあつかいすんなよな」

「大人《おとな》あつかいされたかったら、まずはおとなしく掃除《そうじ》をつづけな！」

「……」

セトが急《きゅう》にだまりこんだのを見《み》て、アルマは拍子《ひょうし》ぬけしたように首《くび》をかしげた。

(おや？　憎《にく》まれ口《ぐち》はもうおしまいかい？　……今日《きょう》はずいぶんとあきらめがいいね)

さすがに少《すこ》しはこたえたのかもしれない——そう思《おも》いかけたとき、セトがめずらしく静《しず》かな口《く》調《ちょう》でアルマの名《な》を呼《よ》んだ。

「……なあ、アルマ。オレ、どうしてもわかんないよ。なんでアルマが、みんなから責《せ》められなきゃならないんだ？　アルマがいなかったら大変《たいへん》なことになってたのに……」

暴走《ぼうそう》する牛《うし》の群《む》れから町《まち》を救《すく》ったアルマに、住人《じゅうにん》たちは投石《とうせき》とののしりでこたえた。恩人《おんじん》であるはずのアルマに対《たい》して、である。

「どうして魔法使《まほうつか》いをきらうんだろ？　魔法使《まほうつか》いはカッコイイのにさ、今日《きょう》のアルマみたいに」

「理由《りゆう》はかんたんさ。魔法使《まほうつか》いは『ネメシス』の同類《どうるい》と思《おも》われてるんだよ。人《ひと》に災《わざわ》いをなすバケモノだって」

「アルマはバケモノじゃないだろ！」

「ふつうの人間《にんげん》にとっちゃ、バケモノと同《おな》じさ。理屈《りくつ》じゃないんだよ、そういうことは」

バケモノであるネメシスと戦《たたか》う魔法使《まほうつか》いが、なぜ同《おな》じようにバケモノあつかいされなければならないのか？　セトにはそれがどうしても理解《りかい》できない。

「……ま、ネメシスが1匹《ぴき》もいなくなりでもすりゃあ、話《はなし》もちがってくるんだろうけどね」

アルマのもらしたそのひとことが、セトの心《こころ》にひびいた。

「！　なるほど……」

「ちょっと！　言《い》っとくけどおかしなことを考《かんが》えるんじゃないよ？　おまえがへたに頭《あたま》を使《つか》うとろくなことにならないんだから！」

「ちょ！　ひでえな」

セトが不満《ふまん》をもらしたとき、アルマがとつぜん、頭《あたま》をおさえてしゃがみこんだ。

（痛《いた》っ……！　くっ、こんなときに、また……！）

ふつうの人間《にんげん》はネメシスに直接《ちょくせつ》ふれると死《し》んでしまう。しかし、ごくまれにネメシスにふれても命《いのち》を落《お》とすことなく、そのかわりにファンタジアをあやつる力《ちから》を授《さず》かる者《もの》がいる。そんな数少《かずすく》ない例外《れいがい》こそが『魔法使《まほうつか》い』と呼《よ》ばれる者《もの》たちだ。

ただし魔法使《まほうつか》いは全員《ぜんいん》、能力《のうりょく》と引《ひ》きかえになんらかの『呪《のろ》い』をかけられてしまう。その内容《ないよう》はさまざまだ。いまアルマをおそったこの頭痛《ずつう》が、彼女《かのじょ》にかけられた『呪《のろ》い』なのだ。ファンタジアをあやつり、強大《きょうだい》な魔法《まほう》を使《つか》えるのは、この痛《いた》みの代償《だいしょう》だった。

セトもまたネメシスと接触《せっしょく》し、生《い》きのびた経験《けいけん》の持《も》ち主《ぬし》である。頭《あたま》にはえた小《ちい》さなツノが彼《かれ》にかけられた『呪《のろ》い』のしるしだ。

「アルマ？　どうかしたのか？」

なるべく平静《へいせい》をよそおいながら、アルマがセトにこたえる。

「……なんだい？」

「なあ、そろそろなかにいれてくんない？　おしっこしたくなった」

アルマの苦痛《くつう》に気《き》づいていないセトが、緊張感《きんちょうかん》のない声《こえ》で言《い》った。

「知《し》らないね！」

幼《おさな》いころからともに過《す》ごし、成長《せいちょう》を見守《みまも》りつづけてきたこの少年《しょうねん》の性格《せいかく》を、アルマはじゅうぶんすぎるほどよく知《し》っている。おかしなことを考《かんが》えるなという彼女《かのじょ》の言葉《ことば》に、セトがしたがうはずなどないということも……。

痛《いた》む頭《あたま》をおさえながら、アルマは大《おお》きなため息《いき》をついた。


壁掃除《かべそうじ》から解放《かいほう》されたセトは、自室《じしつ》のベッドの上《うえ》で、アルマの古《ふる》い本《ほん》を読《よ》んでいた。ひらかれたページには、バケモノ＝ネメシスに関《かん》する解説《かいせつ》がさし絵《え》つきで書《か》かれている。

「うーむ……いっそのこと、ネメシスがいなくなればいいのかな？　そうなりゃあ魔法使《まほうつか》いも戦《たたか》わなくてよくなるし、アルマがあんな目《め》にあうことも……」

セトがとつぜん、まるで大発見《だいはっけん》でもしたかのような表情《ひょうじょう》で、本《ほん》のページから顔《かお》を上《あ》げた。

「早《はや》くオレもアルマみたいに強《つよ》くてカッコイイ魔法使《まほうつか》いにならなきゃ！　世界中《せかいじゅう》のネメシスをぜ

んぶったおすために！」

アルマの言《い》いつけはやはり守《まも》られなかった。ポンポ・ヒルズ21番島《ばんとう》の陸地《りくち》に降《お》りていったセトは、町《まち》はずれのあき地《ち》でトミーを相手《あいて》に今日《きょう》も魔法《まほう》の練習《れんしゅう》にはげんでいた。

「メテオール・ドロップス！」

ファンタジアをまとったセトの手《て》が、かけ声《ごえ》と同時《どうじ》にポンと発火《はっか》する。つづけて魔法《まほう》のエネルギー弾《だん》がうちだされる――ことはもちろんなかった。

「あちちちっ！」

火《ひ》はセトの手袋《てぶくろ》をこがし、小《ちい》さなやけどを負《お》わせただけだった。

「セト、もうやめたほうがいいんじゃない？　昨日《きのう》もアルマさんに怒《おこ》られたんでしょ？」

「いや、だからオレは、そのアルマのためにも――」

セトのセリフをさえぎって、トミーがつけ加《くわ》える。

「昨日《きのう》もママに言《い》われちゃった。セトと遊《あそ》ぶなって。……大人《おとな》たちは、みんなそう言《い》うよ」

「そ、それは魔法《まほう》のすごさをわかってないからだよ」

「う〜ん……もしかしたらセトの場合《ばあい》はさ、魔法《まほう》の道具《どうぐ》かなにかを使《つか》ってみたほうがいいのかもしれないねえ……」

「そ、そのあたりは、これからの修業《しゅぎょう》しだいだな！」

痛《いた》いところをつかれたセトが、口《くち》ごもりながらトミーにこたえた。

「とにかく！　オレは強《つよ》くてカッコイイ魔法使《まほうつか》いにならなきゃいけないんだ、ネメシスと戦《たたか》うために！」

「ええっ!?　セト、ネメシスハンターになるの!?」

「ああ！　ネメシスがいなくなれば、みんな喜《よろこ》ぶだろ？　だからオレはネメシスハンターになって、あいつらをぜんぶ、退治《たいじ》してやる！」

胸《むね》をはって宣言《せんげん》したセトだったが、トミーはピンとこない様子《ようす》で首《くび》をかしげた。

「うーん、僕《ぼく》、ネメシス見《み》たことないから、よくわかんないけど……アルマさんも、ネメシスハンターなんでしょ？」

「そうさ！　ネメシスはあちこちで人《ひと》をおそってるだろ？　アルマは世界中《せかいじゅう》を旅《たび》しながら、奴《やつ》らと戦《たたか》いつづけてるんだ！」

「ふーん、アルマさんってスゴいんだなあ……」

「でも、これからはちがうぜ。アルマのかわりにこのオレが、ネメシスをぜんぶやっつける！　いつまでもアルマだけにまかせてたらカッコわりいもんな！」

セトが自信《じしん》たっぷりに、説得力《せっとくりょく》のないセリフを口《くち》にしたとき、ふたりのはるか頭上《ずじょう》の空《そら》を大《おお》きな黒《くろ》い影《かげ》が通《とお》りすぎていった。その影《かげ》の形《かたち》にセトは見覚《みおぼ》えがあった。前《まえ》に見《み》たアルマの本《ほん》のなかに、アレとそっくりな絵《え》がたしかに描《えが》かれていたはずだ……！

「……そうだ、まちがいない！　あれはネメシスの卵《たまご》！」

おどろいたトミーが不安《ふあん》と恐怖《きょうふ》にゆがんだ顔《かお》で空《そら》を見《み》あげる。その視線《しせん》の先《さき》で、卵《たまご》が町《まち》の中心《ちゅうしん》部《ぶ》にむかって降《お》りていった。

「ネメシスだって!?　とうとうここにもきたってこと？　……あ、ああっ！　町《まち》のほうに！　……そうだ、すぐアルマさんに！　ネメシス退治《たいじ》の専門家《せんもんか》なんでしょ！」

「アルマは今日《きょう》、別《べつ》の町《まち》にネメシス退治《たいじ》にでかけて留守《るす》なんだ。……トミー、みんなを避難《ひなん》させてくれ」

「う、うん。……セトはどうするの？」

「きまってんだろ、あいつと戦《たたか》う。だってオレは魔法使《まほうつか》いだからな！」

町《まち》の中心部《ちゅうしんぶ》では、住人《じゅうにん》たちがおびえた目《め》で空《そら》を見《み》あげていた。彼《かれ》らの大部分《だいぶぶん》にとって、〝それ〟は生《う》まれて初《はじ》めて目《め》にするものだ。

「……わしは昔《むかし》、一度《ど》だけ見《み》たことがある」

人《ひと》の輪《わ》のなかから、ひとりの老人《ろうじん》が進《すす》みでた。

「……あれはネメシスの卵《たまご》じゃっ!!」

そのひとことでパニック状態《じょうたい》におちいった住人《じゅうにん》たちの頭上《ずじょう》を、巨大《きょだい》な黒《くろ》い影《かげ》がおおう。放物線《ほうぶつせん》を描《えが》いて落《お》ちてきたネメシスの卵《たまご》は、逃《に》げまどう彼《かれ》らの目《め》の前《まえ》で大地《だいち》に激突《げきとつ》した!

「うわあっ!!」

土煙《つちけむり》のなかからネメシスの卵《たまご》の全容《ぜんよう》が浮《う》かびあがる。ポンポ・ヒルズ21番島《ばんとう》にとって、それはまさしく〝災《わざわ》いの卵《たまご》〟だった。

「わ、災《わざわ》いじゃ……。平和《へいわ》なこの町《まち》にも、とうとう災《わざわ》いがふってきおった!」

かけつけてきたトミーが、大事《だいじ》そうにかかえた大《おお》きなカバンをふりまわしながら住人《じゅうにん》たちに大《おお》声《ごえ》で呼《よ》びかける。

「みんな、逃《に》げて! あれはネメシスなんだ!」

「そ、そうだ！　ネメシスならあいつに、あの女《おんな》に、やらせればいいじゃないか！」

そう叫《さけ》んだのは、牛《うし》の暴走《ぼうそう》さわぎの際《さい》にアルマに石《いし》をぶつけ、ののしりの言葉《ことば》を投《な》げかけた住《じゅう》人《にん》のひとりだった。ほかの者《もの》たちもヒステリックな声《こえ》でそれに同調《どうちょう》する。

「そうだ！　魔法使《まほうつか》いってのはそのためにいるんだからな！」

トミーには、それがあまりに身勝手《みがって》な言《い》い草《ぐさ》に思《おも》えてならなかった。

(アルマさんに、あんなひどいことをしたのに……)


アルマのゴンドラに戻《もど》って準備《じゅんび》を整《ととの》えたセトは、卵《たまご》の落下地点《らっかちてん》に大《おお》いそぎでむかっているところだった。アルマに飼《か》われているコウモリたちが、群《む》れになってセトの身体《からだ》をつかみあげ、必死《ひっし》につばさをはためかせている。

「ちぇっ、魔法《まほう》の箒《ほうき》があったら、もっと早《はや》く飛《と》んでいけるのに！」

しかし箒《ほうき》は、もちろんアルマが持《も》っていってしまい、ここにはない。いまのセトが空《そら》を飛《と》ぶためには、コウモリたちの力《ちから》を借《か》りるしかないのだ。

「う〜ん、だけど、ちょっとばかり重《おも》たすぎたかなあ……」

コウモリたちのはばたきは不安定《ふあんてい》で、弱々《よわよわ》しくたよりない。思《おも》いつくかぎりの魔法《まほう》アイテムをセトは全身《ぜんしん》にかかえこんでいた。爆発《ばくはつ》ビンに回復薬《かいふくやく》、魔法《まほう》のお札《ふだ》と魔法《まほう》の剣《けん》……どれもアルマの部屋《へや》からかき集《あつ》めてきたものである。大荷物《おおにもつ》＋《プラス》セトの体重《たいじゅう》をかかえながら空《そら》を飛《と》ぶのは、非力《ひりき》なコウモリたちには文字《もじ》どおり「荷《に》が重《おも》すぎ」た。町《まち》の中心部《ちゅうしんぶ》が見《み》えてきたとき、コウモリたちはついに力《ちから》つきてしまう。つばさをなくしたセトの身体《からだ》は、そのまま地面《じめん》へまっさかさま……!!

「うわああああっ!!」

ドッシーーーン!!

落下《らっか》しながら必死《ひっし》に体勢《たいせい》を整《ととの》えたセトは、どうにか両足《りょうあし》で地面《じめん》に降《お》りたった。

「……ちょ、ちょっぴりコワかったぞ」

持《も》ってきた魔法《まほう》アイテムは、着地《ちゃくち》の衝撃《しょうげき》でほとんどどこかに飛《と》ばされていた。

しばらくぼうぜんとしていた住人《じゅうにん》たちだったが、落《お》ちてきたのがセトで、彼《かれ》がいまどこに立《た》っているのか気《き》づくと、いっせいにののしりの言葉《ことば》をあびせはじめる。

「なにしにきやがった!?」

「とんでもない場所《ばしょ》に落《お》ちてきやがって!!」

それを歓迎《かんげい》の声《こえ》とかんちがいしたセトが、残《のこ》り少《すく》ない魔法《まほう》アイテムをふりまわしながら住人《じゅうにん》たちに手《て》をふってみせる。

「オレがきたから、もう安心《あんしん》だぞ！　ネメシスはどこにいる!?」

「下《した》だよ、下《した》！」

言《い》われた意味《いみ》がわからず、あたりをきょろきょろ見《み》まわすセト。それを見《み》た老人《ろうじん》が、あきれかえったように口《くち》をひらいた。

「ばか者《もの》！　おまえが立《た》っているそれが、ネメシスの卵《たまご》じゃよ！」

「え、ええっ!?　こんなとこに!?　……と、とにかく心配《しんぱい》すんな！　アルマがいなくたって、こ

のオレがなんとかする！」

　セトが自信《じしん》たっぷりに言《い》ったとき、その足《あし》もとを中《ちゅう》心《しん》に、卵《たまご》の表面《ひょうめん》に亀裂《きれつ》が走《はし》りはじめた。気《き》づいた住人《じゅうにん》たちが逃《に》げまどう。亀裂《きれつ》がひろがると同時《どうじ》に卵《たまご》がぐらぐらとゆれはじめた。卵《たまご》はすぐにぱっくりと割《わ》れて、なかから巨大《きょだい》な〝ネメシス〟が頭《あたま》をのぞかせたのだ！

「わっ、生《う》まれた!?　こいつめ、爆発《ばくはつ》ビンでもくらえ！」

　セトが投《な》げつけた爆発《ばくはつ》ビンにも、ネメシスは気《き》にするそぶりすら見《み》せない。

　卵《たまご》のカラをふりはらいながら、ネメシスがその全身《ぜんしん》をさらけだした。まわりの建物《たてもの》よりはるかに大《おお》きい、巨大《きょだい》なゴムボールのようだ。ボールからとびだした2本《ほん》の太《ふと》い腕《うで》が、ネメシスの巨体《きょたい》を支《ささ》えている。全身《ぜんしん》は真《ま》っ黒《くろ》で、一《いっ》か所《しょ》だけ——顔《かお》だろうか——左右対称《さゆうたいしょう》に丸《まる》や四角《しかく》の穴《あな》があいた白《しろ》い円形《えんけい》の部分《ぶぶん》があった。

巨体《きょたい》にしがみついていたセトが、その〝顔《かお》〟めがけて魔法《まほう》の剣《けん》をたたきつける。しかしネメシスにはなんのダメージもあたえられず、剣《けん》は根《ね》もとからぽきりと折《お》れてしまった。

「き、きかない!?」

まるでアクビでもするようにネメシスが身体《からだ》をゆさぶる。ふり落《お》とされまいとしがみついたセトから、残《のこ》り少《すく》ない魔法《まほう》アイテムがこぼれていった。落《お》ちたアイテムは次々《つぎつぎ》と爆発《ばくはつ》し、地上《ちじょう》の住人《じゅうにん》たちをあわてふためかせる。

「なにをやってるんだ！　あぶねえな」

「魔法使《まほうつか》いだっていうなら、おまえ、なんとかしろ！」

「わかってるって！　……ようし、こうなったら！　**タイタン・パーンチ!!**」

にぎった拳《こぶし》にファンタジアを集《あつ》めて、ネメシスの顔面《がんめん》にパンチをお見舞《みま》いするセト。だが、その一撃《いちげき》もネメシスを怒《おこ》らせただけだった。ゴムまりのような巨体《きょたい》をふるわせたネメシスが、地ひびきを立《た》てながら移動《いどう》を始《はじ》める。その動《うご》きは、信《しん》じられないほど速《はや》い！　軒《のき》をつらねた商店《しょうてん》や屋《や》台《たい》は、あっというまにガレキの山《やま》に変《か》わっていった。

やみくもに動《うご》きまわるネメシスの身体《からだ》に、セトはそれでも必死《ひっし》にしがみついていた。もう一度《ど》、拳《こぶし》をにぎりしめ、そこにファンタジアを集《あつ》めていく。

「うう、今度《こんど》こそ……タイタン・パーン──」

だがネメシスはもっと速《はや》かった。ネメシスの２本《ほん》の腕《うで》がひとつにまとまり、大木《たいぼく》のようになったその太《ふと》い腕《うで》がセトの身体《からだ》をなぎはらう！　大《おお》きく吹《ふ》きとばされたセトは、そのまま建物《たてもの》の屋根《やね》にたたきつけられた。

「……くっ！　あいつ、めちゃくちゃ強《つよ》いじゃねーかよ！」

セトがどうにか立《た》ちあがったとき、服《ふく》はぼろぼろ、身体《からだ》はすでに生傷《なまきず》だらけだった。ネメシスはセトに追《お》いうちをかけようとはせず、まわりの建物《たてもの》をこわしながら前進《ぜんしん》をつづけている。と、その行《ゆ》く手《て》に逃《に》げおくれたトミーの姿《すがた》があった。ネメシスの巨体《きょたい》を目《め》の前《まえ》にして、動《うご》くことはおろか、声《こえ》をだすこともできない。

「トミー!?」

ネメシスの腕《うで》が、トミーにむかってふりおろされた！　トミーがつぶされる──そう思《おも》われたとき、一瞬早《いっしゅんはや》くかけつけたセトが、ネメシスの攻撃《こうげき》を受《う》けとめていた。その太《ふと》い腕《うで》を必死《ひっし》におしかえしながら、セトがトミーに聞《き》く。

「なんで早《はや》く逃《に》げないんだよ、トミー!?」

「ご、ごめんよ、セト。これをとりに行《い》ってたから……」

トミーがかかえていたのは、セトがあき地《ち》におき忘《わす》れたアルマの魔導書《まどうしょ》だった。

「これ、大事《だいじ》なものなんだろ?」

「こ、こんなもんのために逃《に》げおくれたのかよ……」

ネメシスの腕《うで》にいっそうの力《ちから》がこめられる。受《う》けとめるセトの顔《かお》が苦痛《くつう》にゆがんだ。

「セト!?」

「オレはだいじょうぶだから……早《はや》く逃《に》げろ、トミー!」

「で、でも……!」

「いいから、早《はや》く!」

セトに追《お》いたてられるように、トミーがネメシスの下《した》からころがりながらぬけだした。

「みんな、お願《ねが》い! セトを助《たす》けて!」

遠《とお》まきに見守《みまも》る住人《じゅうにん》たちにむかって、涙《なみだ》と鼻水《はなみず》で顔《かお》をぐじゃぐじゃにしたトミーが声《こえ》をふりしぼる。しかしだれひとりとして動《うご》こうとする者《もの》はいない。


ズシィィィィィィン……!!

落雷《らくらい》のような音《おと》が耳《みみ》をつんざき、衝撃《しょうげき》と土煙《つちけむり》があたりをおおいつくした。

おどろきと恐怖《きょうふ》に声《こえ》を失《うしな》う住人《じゅうにん》たちの前《まえ》で、セトがネメシスにたたきつぶされた……かに見《み》えたとき——ネメシスの巨体《きょたい》が地面《じめん》から少《すこ》しずつ持《も》ちあげられていった。

「ぐぬぬぬぬぬぬ……！」

両足《りょうあし》を地面《じめん》につきたてたセトが、その細《ほそ》い両腕《りょううで》で巨体《きょたい》をおしもどしていたのだ。

「セトーっ!!」

トミーの悲痛《ひつう》な声《こえ》に、むりやりつくった笑顔《えがお》でこたえるセト。

「いいから早《はや》く逃《に》げろ！　オレなら、だいじょうぶだから……」

やせがまんであることはトミーでなくともすぐにわかった。セトの顔《かお》は真《ま》っ赤《か》になる段階《だんかい》をとうにこえ、血《ち》の気《け》を失《うしな》いあおざめている。力《ちから》をこめた腕《うで》も、足《あし》も、いまにもくずれ落《お》ちそうにぷるぷるとふるえていた。

「……そうさ、アルマがいなくたって……アルマのかわりに……オレが……！」

強《つよ》がるセトだが、もう長《なが》くは持《も》ちそうにないのはあきらかだった……。

「ブレイブ・ミサイル!!」

何者《なにもの》かのするどい声《こえ》が、セトや住人《じゅうにん》たちの頭上《ずじょう》にひびきわたった。次《つぎ》の瞬間《しゅんかん》、ネメシスの腕《うで》のあたりに光弾《こうだん》のようなものが命中《めいちゅう》したかと思《おも》うと、火花《ひばな》と爆発音《ばくはつおん》がつづけざまに起《お》こる。

「ブレイブ・デストロイヤー!!」

ひるんだネメシスがセトからはなれたとき、さっきより強力《きょうりょく》な魔法攻撃《まほうこうげき》がさく裂《れつ》した。

「ガウ」

この日初《ひはじ》めて声《こえ》?をもらしたネメシスが、あきらかにダメージを受《う》けた様子《ようす》でたおれこむ。

あたりをおおった土煙《つちけむり》が消《き》えて、ようやく視界《しかい》が戻《もど》ってきたとき、住人《じゅうにん》たちが目《め》にしたのは箒《ほうき》にまたがり空《そら》に浮《う》かぶ、ハデな衣装《いしょう》を身《み》にまとった4人《にん》の男《おとこ》たちだった。そのうちもっとも体格《たいかく》のいい男《おとこ》がセトに顔《かお》をむけてにやりと笑《わら》ってみせた。

「だいじょうぶか、小僧《こぞう》? へへ……『魔法使《まほうつか》い』は、たがいに助《たす》けあわないとなあ……」

その言葉《ことば》を聞《き》いたセトが、おどろきのあまり目《め》を丸《まる》くした。

「**ま、魔法使《まほうつか》いだって!?**」

第《だい》3章《しょう》　ネメシスとセト

とつぜん、あらわれた4人組《にんぐみ》は、セトのすぐそばに着陸《ちゃくりく》した。攻撃魔法《こうげきまほう》を放《はな》ったボス格《かく》の男《おとこ》が、箒《ほうき》を降《お》りてセトにまた笑顔《えがお》をむける。

「す、すげえ！　あんたたちも魔法使《まほうつか》いなのか!?」

「そうとも、小僧《こぞう》！　おい、おまえたち、例《れい》のものを！」

男《おとこ》の一声《ひとこえ》に、子分《こぶん》らしき3人《にん》のうちのふたりがすかさずこたえる。ふたりがひろげた巻《ま》き物《もの》からとつぜん、光《ひかり》が放《はな》たれた。光《ひかり》はなにやら文様《もんよう》を形《かたち》づくりながらまぶしい輝《かがや》きを放《はな》ちはじめる。

輝《かがや》きはそのまま光《ひかり》の幕《まく》となって、ネメシスの巨体《きょたい》をぐるぐるまきにしていった。

「封印《ふういん》の魔法《まほう》だ。しばらくのあいだは、あいつも身動《みうご》きできねえだろうさ」

「あんたたち、だれだ？」

その手際《てぎわ》のよさに舌《した》をまきながら、セトが男《おとこ》にたずねた。

「俺《おれ》たちは、さすらいのネメシスハンター4人組《にんぐみ》――その名《な》もブレイブ・カルテット！」

「へい、ボス、がってんだっ！」

３人《にん》の子分《こぶん》が男《おとこ》のまわりに集《あつ》まったかと思《おも》うと、ブレイブ・カルテットを名乗《なの》る４人組《にんぐみ》はいっせいにそろいのポーズをきめる。ところがひとりの子分《こぶん》だけ、３人《にん》と逆《ぎゃく》の方向《ほうこう》をむいていた。

「……って、ジジ、てめえ！　あれだけ言《い》ったのに、またまちがえやがったな！　おまえはかんじんなところでいつもそうだ！　せっかくの『入《い》れ歯《ば》』が台無《だいな》しじゃねえか！」

「ボス、それを言《い》うなら『入《い》れ歯《ば》』じゃなくて、『見《み》せ場《ば》』ですぜ！」

「そ、そうそう、見《み》せ場《ば》だ、見《み》せ場《ば》！」

「ごめんよ、ボス〜！」

ジジと呼《よ》ばれたこがらな男《おとこ》が、気弱《きよわ》そうな声《こえ》であやまった。

「ボス、ここはおさえて！　封印《ふういん》がとけちまう前《まえ》に、ほら！」

「おっと、そうだったな。いまはそれどころじゃなかった。……ウオッホン！　みんな、聞《き》いてくれ。俺《おれ》たちブレイブ・カルテットは、あのネメシスからあんたたちを救《すく》うためにきた！　生《い》き残《のこ》りたければ、俺《おれ》たちの指示《しじ》にしたがえ。そうすれば全員《ぜんいん》、かならず助《たす》かる！」

どよめいた住人《じゅうにん》たちが、たがいに顔《かお》を見《み》あわせる。

「さあ、『泥船《どろぶね》』に乗《の》ったつもりでブレイブ・カルテットにまかせておけ！」

「ボス、『泥船《どろぶね》』じゃなくて、それを言《い》うなら『大船《おおぶね》』です！」

「おう、その『大船《おおぶね》』だ。がははははは……！」

言《い》いまちがいを気《き》にするそぶりも見《み》せず、男《おとこ》が高笑《たかわら》いした。

「俺《おれ》の名《な》はドン・ボスマン。ブレイブ・カルテットのボスだ！」

「ブレイブ・カルテット……。アルマ以外《いがい》の魔法使《まほうつか》い、初《はじ》めて見《み》たぞ」

ボスに近《ちか》づいたセトが、目《め》をきらきらさせながら口《くち》をひらいた。

「なあ、たのむ！　オレもあんたたちといっしょに戦《たたか》わせてくれ！　さっきはちょっと油断《ゆだん》しちまったけどさ、オレだって一人前《いちにんまえ》の魔法使《まほうつか》いなんだぜ！　ネメシスと戦《たたか》うために、これまでずっと特訓《とっくん》してきたんだ！」

傷《きず》だらけのセトが、手袋《てぶくろ》をはめた手《て》をぐっとにぎってみせた。『一人前《いちにんまえ》の魔法使《まほうつか》いどころか一《いち》人前《にんまえ》の人間《にんげん》ですらない』――アルマのお小言《こごと》を思《おも》いだしたが、気《き》にしてなどいられない。

「オレだってカッコよく活躍《かつやく》できるって、アルマに証明《しょうめい》してみせるんだ！」

「……なるほどね。そうか、そういうことかい」

値《ね》ぶみするような目《め》つきでセトを見《み》ていたボスが、なにかを察《さっ》した顔《かお》でうなずいた。

「ふははは……！ 感動《かんどう》したぜ、小僧《こぞう》！ おまえの戦《たたか》いぶりは見《み》ていたぞ。たったひとりでネメシスに立《た》ちむかったあの勇気《ゆうき》、いや、おそれいった！」

長年《ながねん》の仲間《なかま》を相手《あいて》にするように、ボスがセトの肩《かた》をなれなれしく抱《だ》きよせる。

「ここで会《あ》ったのも神《かみ》のおぼしめしってやつかもしれねえな！ よしっ、たったいまから俺《おれ》たちは、『お釜《かま》』だ！」

「ボス！ それを言《い》うなら『仲間《なかま》』です！」

「そう、それ！ 仲間《なかま》だ！」

「仲間《なかま》？ じゃあ、いっしょに戦《たたか》ってもいいのか？」

「もちろんだ！ なんなら我《われ》らカルテットの5人目《にんめ》に加《くわ》えてやってもいいぞ！ ただし、さっきのきめポーズを練習《れんしゅう》してもらうがな！」

「いや、ポーズは別《べつ》にいい……」

「待《ま》てよ！　そいつはトラブルばかり起《お》こすめいわくなガキなんだ！　役《やく》に立《た》つもんか！」

住人《じゅうにん》たちがあわてた様子《ようす》で、ボスとセトのやりとりに割《わ》ってはいってきた。

「そのとおりだ！　そんなガキはほうっておいて、早《はや》くネメシスをたおしてくれよ！」

「おいおい、みんな、そんなことを言《い》うもんじゃねえ。胸《むね》が痛《いた》むじゃねえか」

セトをかばうように一歩《いっぽ》前《まえ》にでたボスが、それまでかぶっていた帽子《ぼうし》をおもむろにとってみせた。

むきだしになった頭《あたま》をひとめ見《み》て、住人《じゅうにん》も、そしてセトもおどろきの表情《ひょうじょう》で息《いき》をのむ。はげあがったボスの頭《あたま》には、コウモリの羽《はね》が一対《いっつい》はえていたのだ。

「こいつにツノがあるように、俺《おれ》にはこの羽《はね》がある。なにが言《い》いたいかわかるな？　こいつも俺《おれ》も同《おな》じ魔法使《まほうつか》い。おまえらからすれば……同類《どうるい》なんだよ」

口調《くちょう》こそおだやかだが、ボスの声《こえ》には有無《うむ》を言《い》わせない迫力《はくりょく》があった。

「……俺《おれ》は、この小僧《こぞう》を信《しん》じるぜ」

ボスがセトのほうをふりかえった。その顔《かお》にはやさしげな笑《え》みが浮《う》かんでいる。それを見《み》たセトも、はじけるような笑顔《えがお》になった。

「さてと、グズグズしてはいられない。封印《ふういん》も長《なが》くは持《も》たんからな。……いいか？　まずはとにかくあんたたちを逃《に》がす！　ここからできるだけ遠《とお》くにはなれるんだ」

「遠《とお》くに行《い》けったって、町《まち》のなかにはまだ家族《かぞく》が残《のこ》ってるんだよ！」

「心配《しんぱい》するな！　俺《おれ》たちブレイブ・カルテットが、いまから町中《まちじゅう》に避難《ひなん》を呼《よ》びかけてまわる！

だが、そのあいだ、オトリになってネメシスを引《ひ》きつける役割《やくわり》が必要《ひつよう》だ。小僧《こぞう》、やれるか？」

「もちろんだ！　オトリだけじゃなくて、オレがあいつをたおしてやってもいいぜ！」

「わっはっは……たのもしいな！　だが小僧《こぞう》、そいつは『ゴボウ』ってもんだ」

「それを言《い》うなら『無謀《むぼう》』です、『無謀《むぼう》』！」

「そうだったな！　……まあいい。小僧《こぞう》、無茶《むちゃ》はせずにてきとうなところで逃《に》げるんだぞ？」

なにか言《い》いたげなセトの頭《あたま》を、ボスがポンとたたいた。

「いいか？　生《い》き残《のこ》りたかったらかしこく立《た》ちまわれ。それが一人前《いちにんまえ》の魔法使《まほうつか》いだ」

うなずいたセトに、ボスがもうひとことつけ加《くわ》える。

「じゃあな、小僧《こぞう》。……信頼《しんらい》してるぜ！」

この『信頼《しんらい》』というひとことが、セトの心《こころ》に火《ひ》をつけた。

（こいつら、オレを信頼《しんらい》してくれるのか！　ようし、やってやるぜ!!）

そのとき、封印《ふういん》の魔法《まほう》がついにタイムリミットをむかえた。動《うご》きを止《と》めていたネメシスが、2本《ほん》の腕《うで》をふりまわしながらふたたび動《うご》きはじめる。

ネメシスにむかってかけだすセト。それを見送《みおく》ったボスが、住人《じゅうにん》たちにむきなおった。

「さあ、このすきに避難《ひなん》するぞ！」

ブレイブ・カルテットに先導《せんどう》されて避難《ひなん》を始《はじ》める住人《じゅうにん》たち。そのなかでトミーひとりだけが、遠《とお》ざかるセトに心配《しんぱい》そうな視線《しせん》を送《おく》っていた。

RADIANT

とびかかってきたセトの身体《からだ》を、ネメシスの太《ふと》い腕《うで》がはじきとばした。大《おお》きく吹《ふ》っとんだセトの身体《からだ》が、町《まち》で一番高《ばんたか》い鐘《かね》つき塔《とう》にぶつかってから、くずれたレンガの山《やま》にうもれる。

「痛《い》ててて……。でも、アルマのゲンコツのほうがずっと痛《いた》いぜ！」

近《ちか》くの屋根《やね》にとびうつったセトが、そのいきおいを利用《りよう》して高《たか》くとぶとネメシスの顔面《がんめん》に強烈《きょうれつ》なかかと落《お》としをきめた。ぐにゃりとへこんだネメシスの顔《かお》を、セトが指《ゆび》さし、あざ笑《わら》う。

「わはははは……変《へん》な顔《かお》！」

ゆがんだ顔《かお》がもとに戻《もど》ると、セトにしかえしするようにネメシスがパンチをふるった。それをなんとかかわしたセトに、次《つぎ》の一撃《いちげき》がおそいかかる。

「いちかばちかだ！」

セトは両手《りょうて》をかまえると、手《て》のひらを中心《ちゅうしん》にファンタジアを集《あつ》めた。うろ覚《おぼ》えの防御魔法《ぼうぎょまほう》、リパルスを使《つか》うつもりだった。

集《あつ》まったファンタジアが光《ひかり》の壁《かべ》となり、打《う》ちこまれたパンチをくいとめる。だが、それもほんの一瞬《いっしゅん》。光《ひかり》の壁《かべ》はあえなく消《き》えて、セトの身体《からだ》がまたしてもはじきとばされる。

まともに攻《せ》めても通用《つうよう》しないとさとったセトは、建物《たてもの》の屋根《やね》から屋根《やね》へアクロバチックに移動《いどう》しながら、ネメシスの背中《せなか》にとびうつった。

「タイタン・パーンチ!!」

しかし鉄拳《てっけん》はゴムまりのような巨体《きょたい》にはねかえされ、セトはその反動《はんどう》で、さっきよりもさらに遠《とお》くまで吹《ふ》きとばされてしまった。

「くっ……これじゃ足止《あしど》めにもなんないぜ。あのおっさんはオレを信頼《しんらい》してくれた！　一人前《いちにんまえ》の仲間《なかま》だって認《みと》めてくれたんだ！」

セトは周囲《しゅうい》の様子《ようす》をすばやく観察《かんさつ》した。こわされてなかがむきだしになった建物《たてもの》が、その視界《しかい》にはいる。そこに、太《ふと》くて長《なが》い鎖《くさり》があるのを見《み》つけたとき、セトの瞳《ひとみ》がきらりと光《ひか》った。

「いっちょ、かしこく立《た》ちまわってみるか！」


ネメシスの進撃《しんげき》はつづいていた。おもちゃを乱暴《らんぼう》にあつかう子《こ》どものように、手《て》あたりしだいに周囲《しゅうい》をこわしながら、町《まち》の中心部《ちゅうしんぶ》にむかっていく。……と、そのとき——

「おい！　こっちだ、ブニョブニョ野郎《やろう》！」

「ガウ？」

気《き》づいたネメシスが、少《すこ》し意外《いがい》そうな声《こえ》をもらしてふりかえった。つづいてネメシスは、声《こえ》がしたほうにむかい巨体《きょたい》に似《に》あわない速《はや》さで、セトを追《お》いかけてくる。

「へっへへ、こっちだよ～！」

挑発《ちょうはつ》するようにネメシスを呼《よ》びながら、セトが走《はし》る。そのあとを追《お》うネメシス。その光景《こうけい》は、まさしくセトとネメシスの追《お》いかけっこに見《み》えた。

「くっ、でっかいくせに、なんて速《はや》いんだ！　でも……いいぞ、あと、もうちょっと！」

ネメシスの巨体《きょたい》がすぐうしろまでせまったとき、セトはとつぜん、走《はし》るのをやめた。

「ようし、いまだ！」

ネメシスの足《あし》もとで、セトがさっき見《み》つけた鎖《くさり》がとぐろをまいていた。セトは鎖《くさり》の先端《せんたん》をつかみあげると、それを一気《いっき》に引《ひ》っぱりながら、全速力《ぜんそくりょく》でまたかけだした！

「ガウ？」

地面《じめん》の上《うえ》で輪《わ》になっていた鎖《くさり》がきゅっとしめあげられ、ネメシスの足《あし》もとにからみつく。

「かかったっ！」

体勢《たいせい》をくずしたネメシスの前《まえ》に、鎖《くさり》をつかんだセトがとびだしてきた。セトは鎖《くさり》をにぎりしめたまま、巨体《きょたい》のまわりをぐるぐると走《はし》りつづけた。もうもうと立《た》ちこめる土煙《つちけむり》がようやく晴《は》れたとき、そこにあったのは、鎖《くさり》でがんじがらめにされたネメシスの姿《すがた》だった！

「へへへっ、めしとったり～！　どうだ、これでもう悪《わる》さできねえだろ！」

動《うご》けないネメシスの顔《かお》を見《み》あげながら、セトが勝《か》ちほこるように言《い》った。

「ガウ」

「ガウ、じゃねーよ！　町《まち》をめちゃくちゃにしやがって！　わかってんのか！」

ネメシスの顔面《がんめん》めがけて石《いし》を投《な》げつけるセト。それが命中《めいちゅう》すると同時《どうじ》に、不気味《ぶきみ》な仮面《かめん》にも似《に》たその顔《かお》が、とつぜんぐるりと反転《はんてん》した！

「な、なんだ⁉　怒《おこ》ったのか⁉」

ネメシスのちょうど額《ひたい》のあたりに大《おお》きな穴《あな》があいていた。その穴《あな》を中心《ちゅうしん》に、周囲《しゅうい》のファンタジアがネメシスに集《あつ》まっていく。本能的《ほんのうてき》に危険《きけん》を察《さっ》したセトがあわててとびのいた直後《ちょくご》、ネメシスの額《ひたい》から強烈《きょうれつ》なビームが発射《はっしゃ》された！　ビームはセトのいた場所《ばしょ》を跡形《あとかた》もなく消《け》し去《さ》り、ガレキの山《やま》を数《すう》十メートルにわたって貫通《かんつう》、爆発四散《ばくはつしさん》させてしまった。

「いまのは……まさか、ファンタジア⁉」

そういえばアルマに聞《き》いた覚《おぼ》えがある。ネメシスも魔法使《まほうつか》いと同《おな》じようにファンタジアをあやつって魔法《まほう》のようなものを使《つか》えるのだ、と……。立《た》ちつくすセトのうしろでは、ネメシスがふたたびファンタジアを集《あつ》めようとしていた。気《き》づいてふりかえったとき、セトの視界《しかい》が真《ま》っ白《しろ》にそまる。

「！！？？」

2発目《はつめ》のビームには、さっきよりもさらに破壊力《はかいりょく》があった。直撃《ちょくげき》こそされなかったものの、その爆風《ばくふう》はあまりにも強大《きょうだい》で、セトの身体《からだ》ははるか遠《とお》くまで吹《ふ》きとばされてしまった。

飛《と》ばされたセトが落下《らっか》してきた場所《ばしょ》は、町《まち》の中心部近《ちゅうしんぶちか》くの街路《がいろ》にある噴水《ふんすい》だった。水面《すいめん》から顔《かお》をだしてみると、すぐ近《ちか》くに『銀行《ぎんこう》』の看板《かんばん》をかかげた建物《たてもの》が見《み》える。

「痛《い》てててて……。やべえ、あんなのが直撃《ちょくげき》したら死《し》んじまうぜ！」

噴水《ふんすい》からはいでようとしたとき、「うわぁぁぁぁん！」という子《こ》どもの泣《な》き声《ごえ》が聞《き》こえた。なじみ深《ぶか》いその声《こえ》の主《ぬし》がだれなのか、考《かんが》えるまでもなくすぐにわかった。

「!?　トミー！」

第《だい》4章《しょう》 セトとブレイブ・カルテット

銀行《ぎんこう》の床《ゆか》には、現金輸送用《げんきんゆそうよう》の袋《ふくろ》が積《つ》みあげられていた。パンパンにふくれあがった袋《ふくろ》の上《うえ》にどっかと腰《こし》をおろすのは、ブレイブ・カルテットのリーダー、ドン・ボスマンだ。

「……まったく、よけいな手間《てま》をかけさせるなよ」

にやにや笑《わら》いを貼《は》りつけた顔《かお》でフロアを見《み》わたすボスを、柱《はしら》にしばりつけられた銀行員《ぎんこういん》たちがうらめしそうににらみつけた。

ボスのかたわらには、泣《な》き顔《がお》のトミーが両手《りょうて》をしばられたままころがされている。

「お願《ねが》いだ、やめろ！　トミーをはなしてくれ！」

声《こえ》をはりあげた銀行員《ぎんこういん》は、トミーの父親《ちちおや》だった。

「安心《あんしん》しな。おとなしく言《い》うとおりにしてりゃあ、なにもしやしねえさ」

「悪党《あくとう》めっ！　火事場《かじば》ドロボウが目的《もくてき》だったのかよ。なにが正義《せいぎ》のブレイブ・カルテットだ！」

3人《にん》の子分《こぶん》たちは銀行《ぎんこう》のカネをせっせと袋《ふくろ》につめこんでいた。それをちらりと見《み》たボスがおもむろにサングラスをはずす。にやにや笑《わら》いにそぐわないするどい眼光《がんこう》が、銀行員《ぎんこういん》たちにつきさ

さった。

「おいおい、人聞《ひとぎ》きが悪《わる》いな。ネメシスから逃《に》がしてやろうとしたのは本当《ほんとう》だぞ。あんたらが銀《ぎん》行《こう》からはなれてくれないから、こんな手荒《てあら》なまねをするハメになったんだぜ？」

ボスがトミーのえり首《くび》をつかみあげ、その身体《からだ》をぽーんと床《ゆか》にほうりだした。

「……こんなちっちゃなガキまでまきこみたくなかったんだがねえ。ま、かわいそうだが、これも神《かみ》のおぼしめしってやつだ。へへへ……ん？」

入《い》り口《ぐち》の方向《ほうこう》に不穏《ふおん》な気配《けはい》を感《かん》じて、ボスが表情《ひょうじょう》を変《か》えた。

そこにいたのは――セト……。ぼうぜんとした顔《かお》で立《た》ちつくし、フロアのなかを見《み》つめている。

「……どういうことだよ？」

セトがボスをにらみつけながら、感情《かんじょう》をおし殺《ころ》した声《こえ》で聞《き》いた。両手《りょうて》をひろげたボスは、大《おお》げさな身《み》ぶりと口調《くちょう》でセトをむかえる。

「おう、だれかと思《おも》えば、勇敢《ゆうかん》なオトリ役《やく》の小僧《こぞう》じゃねえか。おまえのおかげで助《たす》かったぜ！」

セトに気《き》づいた銀行員《ぎんこういん》たちが、いっせいにののしりの声《こえ》をあげる。

「このガキ！　やっぱりおまえもグルだったんだな！」

「ババアとふたりで先乗《さきの》りして、この町《まち》を下調《したしら》べしてたんだろ！」

「ち、ちがう！　オレもアルマもこんな奴《やつ》らの仲間《なかま》じゃない！」

セトはあわてて首《くび》をふってから、改《あらた》めてボスをにらみつけた。

「おっさんたち、ネメシスハンターじゃなかったのか!?」

「くっくっくっく……。それはな、仮《かり》の姿《すがた》ってやつだ。俺《おれ》たちの真《しん》の姿《すがた》は、ネメシスを利用《りよう》して金目《かねめ》のものをせしめる〝お宝《たから》ハンター〟……」

ひかえていた3人《にん》の子分《こぶん》がアイコンタクトをかわすと、すかさずボスの横《よこ》にならんだ。

「それが俺《おれ》たち、ブレイブ・カルテット！」

全員《ぜんいん》で例《れい》のポーズをきめたが、今度《こんど》もやはりジジだけが反対《はんたい》をむいている。

「オレを、みんなを、だましたのか！　……じゃあ、信頼《しんらい》してるって言《い》ってくれたのも——」

セトが拳《こぶし》をにぎりしめた。その手《て》にはめられているのは、戦《たたか》いでぼろぼろになった手袋《てぶくろ》だ。

「おめでたい小僧《こぞう》だな。そうとも、おまえをひとめ見《み》て、俺《おれ》にはすぐわかったぜ。おまえみたいな半人前《はんにんまえ》が一番《ばん》言《い》われたいセリフ……それは『信頼《しんらい》している』だ。どうだ、あたってるだろう？」

4人《にん》のにせネメシスハンターたちが、声《こえ》をそろえてセトをあざ笑《わら》った。

「なあ、小僧《こぞう》……。こいつらのために戦《たたか》ってやる価値《かち》があると、本当《ほんとう》にそう思《おも》うのか？」

わざとらしくため息《いき》をついたボスが、銀行員《ぎんこういん》たちを指《ゆび》さしながらセトに問《と》いかけた。

「さっき、この連中《れんちゅう》が言《い》ったこと、まだ忘《わす》れちゃいねえだろ？」

くやしげにくちびるをかみしめるセトにむかって、ボスはさらに言葉《ことば》をつづけた。

「こいつらはいつでもそうだ。魔法使《まほうつか》いを悪《あく》の原因《げんいん》にしたてあげるくせに、ネメシスがでやがったときだけは手《て》のひらがえしでたよってくる。そして危機《きき》が去《さ》ったら今度《こんど》は、俺《おれ》たちを異端審問《いたんしんもん》所《じょ》に引《ひ》きわたそうとしやがるんだ。それがこいつら、『ふつうの人間《にんげん》』ってやつだよ」

「か、勝手《かって》なことを言《い》うな！」

銀行員《ぎんこういん》のひとりが口《くち》をひらいた。

「今度《こんど》だって、このガキとババアさえこなけりゃ、ネメシスがでたりはしなかったんだ！」

「そうだ、そうだ！　私《わたし》や息子《むすこ》をこんなことにまきこんで！」

そう叫《さけ》んだのはトミーの父親《ちちおや》だ。セトをののしる声《こえ》がとびかうなかで、泣《な》き顔《がお》のトミーだけがふるえながらだまりこんでいた。

「おまえがそんなにぼろぼろになるまで戦《たたか》っても、汚《きたな》い言葉《ことば》を口々《くちぐち》にあびせるだけで、礼《れい》のひとつも言《い》っちゃくれねえ。そんな連中《れんちゅう》を、おまえは守《まも》ってやりたいのか？　こいつらにとって俺《おれ》たちは、あのネメシスと同《おな》じなんだ。そんな奴《やつ》らのために命《いのち》がけで戦《たたか》う必要《ひつよう》がどこにある？　ヒーローをめざしても結局《けっきょく》は裏切《うらぎ》られるだけさ。……おまえにも身《み》に覚《おぼ》えがあるはずだろう？」

「く……！」

なおも自分《じぶん》をにらみつけてくるセトを見《み》て、ボスがまるで昔《むかし》をなつかしみでもするように、ほんの一瞬《いっしゅん》、目《め》を細《ほそ》めてみせた。

「……」

「ボス！　カネはつめ終《お》わりました。そろそろずらかりましょう。ネメシスがいつここにやってくるかわかんねえでしょ！」

子分《こぶん》たちがボスをうながした。全員《ぜんいん》、カネでぱんぱんになった袋《ふくろ》をかかえこんでいる。

「おう、そうだな」

ボスは子分《こぶん》たちにこたえてから、もう一度《ど》、セトの顔《かお》を見《み》た。

「言《い》っただろ？　生《い》き残《のこ》りたかったらかしこく立《た》ちまわれってな。こうやってかせぐのがかしこい生《い》き方《かた》ってやつよ……。こいつは餞別《せんべつ》だ、ご同類《どうるい》！　ブレイブ・カルテットが恩知《おんし》らずだなんてウワサを立《た》てられちゃ困《こま》るからな！　はははは……！　あばよ！」

袋《ふくろ》のひとつをセトにおしつけたボスの顔面《がんめん》に、セトのパンチがさく裂《れつ》した。やぶれた袋《ふくろ》から金《きん》貨《か》をまきちらしながら、ボスがフロアにたおれこむ。

「おまえら……カッコわるいんだよ！　……いいか？　オレがなりたい魔《ま》法《ほう》使《つか》いはな！」

とびかかってきた子分《こぶん》ふたりを、セトのまわしげりが同時《どうじ》にはじきとばす。

「おまえらみたいな、カッコわるい奴《やつ》じゃないっ！」

残《のこ》ったひとり、ジジにむかってセトが拳《こぶし》をふりかぶったとき――


ドッカーン！！！！


セトの目《め》の前《まえ》でまばゆい光《ひかり》と爆発《ばくはつ》がまき起《お》こった。吹《ふ》きとばされたセトの身体《からだ》が、いきおいよくフロアにたたきつけられる。

「……ふう。あいかわらずおそろしい魔法《まほう》だな、ジジよ」

鼻血《はなぢ》をぬぐいながら立《た》ちあがったボスが、あきれた表情《ひょうじょう》でジジに話《はな》しかけた。ジジの手《て》のなかでは、ファンタジアの残《のこ》り火《び》がぶすぶすとくすぶっていた。

「これでマヌケでさえなけりゃ、いつも言《い》ってるようにボスはおまえだったろうよ」

けりとばされたふたりもよろよろと立《た》ちあがり、たおれたままのセトを見《み》おろす。

「いでで……このガキめ！　どうします、ボス？　やっちまいますか？」

「いや、いい……」

はやる子分《こぶん》たちをなだめたボスが、セトに歩《あゆ》みよってあわれむように声《こえ》をかける。

「おまえもすぐに思《おも》い知《し》るさ。俺《おれ》の言葉《ことば》が正《ただ》しかったと。俺《おれ》たちは同類《どうるい》。きらわれ者《もの》なんだよ」

「お、おまえらと、いっしょにすんな……。オレは、オレは……！」

床《ゆか》の上《うえ》のセトが声《こえ》をふりしぼりながら、ボスをにらみつけた。

「ボス、あれ見《み》て！」

ジジの声《こえ》がひびいた。あけ放《はな》たれた扉《とびら》のむこうに、鎖《くさり》にとらわれたネメシスが小《ちい》さく見《み》える。


「ガウ……！」


うなり声《ごえ》が聞《き》こえると同時《どうじ》に、巨体《きょたい》にからみついていた鎖《くさり》が一気《いっき》にはじけとんだ。自由《じゆう》をとりもどしたネメシスが、地《じ》ひびきをあげてふたたび進撃《しんげき》を開始《かいし》する！　ネメシスがむかう先《さき》にあるものは、この銀行《ぎんこう》にまちがいなかった……。

「ちっ！　さっきのジジの魔法《まほう》に反応《はんのう》しやがったか！　野郎《やろう》ども、ずらかるぞ！」

ボスが箒《ほうき》にまたがりながら、銀行員《ぎんこういん》たちのほうにもう一度《ど》、顔《かお》をむけた。

「それじゃあ、ごきげんよう、『ふつうの人間《にんげん》』のみなさん！」

「そ、そんな！　俺《おれ》たちをおいて逃《に》げる気《き》か!?」

ネメシスが少《すこ》しずつ近《ちか》づいてくる。その影響《えいきょう》で銀行全体《ぎんこうぜんたい》がぐらぐらとゆれはじめた。

「……おい、小僧《こぞう》、はいずりまわる力《ちから》くらいは残《のこ》ってるだろ？」

ボスがセトに声《こえ》をかけた。

「ここでくたばりたくなけりゃ、こいつらを見捨《みす》てて逃《に》げるこった！　あばよ！」

ブレイブ・カルテットを乗《の》せた箒《ほうき》が空《そら》に舞《ま》いあがったとき、すでにネメシスは銀行《ぎんこう》のすぐ目《め》の前《まえ》までせまっていた。

「うえっ……うえぇぇぇん!!」

泣《な》き叫《さけ》ぶトミーを見《み》た父親《ちちおや》が顔《かお》をゆがめて、悲痛《ひつう》な声《こえ》をしぼりだす。

「うう、トミーっ!!」

〝友達《ともだち》〟の名前《なまえ》を耳《みみ》にしたとき、まだたおれていたセトの手《て》がぴくりと動《うご》いた。

「……オレの……オレのなりたい、カッコイイ魔法使《まほうつか》いは――」

銀行《ぎんこう》を見《み》おろすネメシスの顔面《がんめん》が、またもやくるりと反転《はんてん》した。額《ひたい》を中心《ちゅうしん》に集《あつ》められるファンタジア。次《つぎ》に待《ま》っているのが例《れい》のビームであることはあきらかだ。

「いやだ……。助《たす》けて……セト！」

セトがかっと両目《りょうめ》を見《み》ひらいたとき、ネメシスの額《ひたい》から強烈《きょうれつ》なビームが発射《はっしゃ》された！

目《め》もくらむような光《ひかり》の渦《うず》と大爆発《だいばくはつ》を、ブレイブ・カルテットははるか上空《じょうくう》から目撃《もくげき》していた。

「な、なんて威力《いりょく》だ……。ずらかって正解《せいかい》でしたね、ボス」

「かわいそうだが、こりゃあ銀行《ぎんこう》の奴《やつ》らは全滅《ぜんめつ》ですねえ……」

「ふん……ばかな小僧《こぞう》め」

「ぼ、ボス……！」

ジジがふるえる手《て》で銀行《ぎんこう》のほうを指《ゆび》さした。つられてそちらに顔《かお》をむけたボスも、おどろきのあまり目《め》を見《み》ひらく。

彼《かれ》らが見《み》たのはガレキになった銀行《ぎんこう》でも、無残《むざん》にころがる死体《したい》の山《やま》でもなかった。しばられたままの銀行員《ぎんこういん》たちの前《まえ》で、彼《かれ》らを守《まも》るように立《た》ちはだかるひとりの少年《しょうねん》――いや、魔法使《まほうつか》いの姿《すがた》だったのだ！

「そんなばかな！　あいつ、ネメシスの攻撃《こうげき》を止《と》めやがったのか!?」

「あのガキ、ろくに魔法《まほう》を使《つか》えないはずだろっ!?」

「そ、それに、見《み》ろ、あ、あ、あいつの、手《て》……！」

言葉《ことば》につまったジジにかわって、子分《こぶん》のひとりがおどろきの声《こえ》をあげる。

「あいつ……手袋《てぶくろ》をはめてないぞ！」

すでにぼろぼろだった手袋《てぶくろ》は、いまやセトの手《て》から完全《かんぜん》にはがれ落《お》ちていた。

「手袋《てぶくろ》や杖《つえ》もなしに、魔法《まほう》を素手《すで》であつかえる奴《やつ》なんて聞《き》いたことがないぞ！」

それは常識《じょうしき》では考《かんが》えられないことだった。

「あの小僧《こぞう》……」

息《いき》をのんでセトを見《み》つめていたボスに、子分《こぶん》が声《こえ》をかける。

「と、とにかくボス！　このすきに、とっととずらかりましょうよ！」

「あ、ああ、そうだったな。……行《い》くぞ、てめーら！」

「わあ……すごい！」
憧《あこが》れとおどろきがいりまじったトミーの声《こえ》を、セトは背中《せなか》で聞《き》いていた。

「もう、だいじょうぶだ……」

その声《こえ》にも、ネメシスを見《み》すえるその瞳《ひとみ》にも、確信《かくしん》が満《み》ちあふれている。

迷《まよ》いはない。おそれすらない。両手《りょうて》にファンタジアをまといながら、セトはネメシスをまっすぐに見《み》すえた。

「オレは見捨《みす》てたりしない。カッコイイ魔法使《まほうつか》いは、みんなを助《たす》けるために戦《たたか》うんだ！」

一方《いっぽう》のネメシスはセトの決意《けつい》などおかまいなしに、第《だい》二波《は》攻撃《こうげき》の準備《じゅんび》にかかっていた。額《ひたい》に集《あつ》まるファンタジアがまたもやビームを放《はな》とうとうなりをあげる。

「もうやらせねえぞ！」

突進《とっしん》したセトがネメシスの顔近《かおちか》くまでジャンプした。にぎりしめたその拳《こぶし》に、ファンタジアが洪水《こうずい》のようにそそぎこまれていく。

「タイタン・パーンチッ‼」

ビームが発射《はっしゃ》されようとした、まさにそのとき、セトの放《はな》ったタイタン・パンチがネメシスの身体《からだ》に命中《めいちゅう》した。空間全体《くうかんぜんたい》をゆるがす衝撃《しょうげき》とともに、セトとネメシスのファンタジアがぶつかりあう……！　そして――どてっぱらに風穴《かざあな》をあけられたネメシスは、不気味《ぶきみ》なうなり声《ごえ》をあげながら、ゆっくりと大地《だいち》にくずれ落《お》ちていった。

「ガァウウウウ……」

町《まち》を全滅寸前《ぜんめつすんぜん》まで追《お》いこんだ破壊《はかい》と恐怖《きょうふ》の象徴《しょうちょう》は、おびただしいガレキや土砂《どしゃ》にまみれながら、そのままぴくりとも動《うご》かなくなった。

「……はあ、はあ、ざまみろ。まいったか！」

セトががくりとひざをついた。気力《きりょく》も体力《たいりょく》もすべて使《つか》いはたし、立《た》ちあがる余力《よりょく》もない。それでも必死《ひっし》にカラ元気《げんき》をだして、セトはトミーをふりかえった。

「ど、どうだ、トミー？　魔法使《まほうつか》いって、はあ、はあ。……な？　カッコイイだろう？」

生傷《なまきず》とすすにまみれた顔《かお》で笑《わら》うセト。トミーが「うん！」とうなずきかえしたとき――

「ガウッ‼」

地中《ちちゅう》にしずんだはずのネメシスが、ガレキのなかからうなり声《ごえ》をあげた。

「あ、あいつ、まだ生《い》きてたのか!?」

おどろくセトの目《め》の前《まえ》で、ネメシスの巨体《きょたい》がふたたび立《た》ちあがった。怒《いか》りのために全身《ぜんしん》をふるわせながら、額《ひたい》にファンタジアを集《あつ》めはじめる。ここであのビームをうたれてしまったら、いまのセトにはそれをふせぐ力《ちから》などない……！

「うわあああっ！　ね、ネメシスがまだ――」

「あのガキ！　しとめそこなったのかよ！」

なおも立《た》ちむかおうとしたセトだが、限界《げんかい》をこえた身体《からだ》は言《い》うことを聞《き》いてくれない。セトの頭上《ずじょう》からネメシスのビームがおそいかかろうとした、その瞬間《しゅんかん》……！

「スカル・アタック！」

すさまじい衝撃《しょうげき》が周囲《しゅうい》の空間《くうかん》全体《ぜんたい》をゆるがし、つづいて巨大《きょだい》なエネルギーのかたまりがネメシスの全身《ぜんしん》を包《つつ》みこんだ。

今度《こんど》こそ本当《ほんとう》にくずれ落《お》ちていくネメシスの姿《すがた》を、セトはうすれゆく意識《いしき》のなかで見《み》た。そして、まばゆい光《ひかり》と爆発《ばくはつ》のむこうから、こちらに近《ちか》づいてくる人影《ひとかげ》も……。

世界《せかい》で一番《ばん》たのもしく、強《つよ》く、そしてだれよりもあたたかい〝その人《ひと》〟――アルマの姿《すがた》を見《み》て、セトの全身《ぜんしん》からすべての力《ちから》がぬけていった。たおれこむセトをアルマの腕《うで》が抱《だ》きとめる。安心《あんしん》しきっていたセトは、なんの不安《ふあん》もなくそれに身《み》をゆだねた。

「いまは、休《やす》みな……」

その声《こえ》が子守歌《こもりうた》のように、セトを休息《きゅうそく》の闇《やみ》へといざなう。視界《しかい》と意識《いしき》が完全《かんぜん》に閉《と》ざされる寸前《すんぜん》に、セトの口《くち》から言葉《ことば》がこぼれ落《お》ちた。

「へへ……やっぱ、アルマは……すげえや……」

第《だい》5章《しょう》　アルマとセト

意識《いしき》をとりもどしたセトが最初《さいしょ》に感《かん》じたのは、窓《まど》からさしこむ西日《にしび》のまぶしさだった。あわてて身体《からだ》を起《お》こそうとしたとたん、全身《ぜんしん》をはげしい痛《いた》みがかけぬける。

「うっ、痛《い》たたたたたっ……！」

アルマの気球《ききゅう》——ここは、そのゴンドラ内《ない》にあるセトの部屋《へや》だった。ベッドに寝《ね》かされていたセトの全身《ぜんしん》には、包帯《ほうたい》がぐるぐるとまかれている。

「ようやく目《め》を覚《さ》ましたかい」

アルマの声《こえ》がした。痛《いた》みをこらえて顔《かお》を上《あ》げたセトが、やつぎばやに問《と》いかける。

「ネメシスは!?　町《まち》のみんなは無事《ぶじ》か？　あっ、それに、ブレイブ・カルテットの奴《やつ》らは!?」

「やっと起《お》きたかと思《おも》ったら、いきなりそうぞうしいね！」

ベッドのかたわらのイスに腰《こし》かけながら、アルマがわずらわしそうに耳《みみ》をふさいだ。

「ネメシスはたおしたし、住人《じゅうにん》たちはみんな無事《ぶじ》だよ。それから、そのブレイブなんちゃらって連中《れんちゅう》も、あたしがついでにとっつかまえといた」

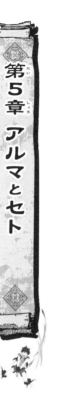

意識《いしき》を失《うしな》う直前《ちょくぜん》に見《み》た光景《こうけい》を、セトはようやく思《おも》いだした。

（そうだ。あのとき、アルマがきてくれて……）

セトがさんざん苦戦《くせん》した、あのネメシスをアルマはただの一撃《いちげき》で消《け》し去《さ》ってみせたのだ。

「あんた、なんであんなまねをしたんだい!? 口《くち》をすっぱくして言《い》ったはずだろ！『素手《すで》でファンタジアを使《つか》うんじゃない』って。そんなこと、〝ふつう〟の魔法使《まほうつか》いにはできないんだから！」

「ネメシスはやっつけたんだからいいじゃないかよ！ そ、そう、結果《けっか》オーライだ！」

「いいわけないだろ！ 異端審問所《いたんしんもんじょ》は『ふつうじゃないもの』が大《だい》きらいなんだ。それが魔法《まほう》に関《かん》することなら、なおさらさ。……きっといまごろ、住人《じゅうにん》たちが審問所《しんもんじょ》に連絡《れんらく》してるよ」

「そんなことない！ ネメシスをやっつけて、みんなを救《すく》ったんだから！」

セトのそのセリフが、アルマの記憶《きおく》を呼《よ》び起《お》こした。

彼女《かのじょ》がネメシスをたおした、そのすぐあとの出来事《できごと》を——

ネメシスは跡形《あとかた》もなく消《け》しとび、町《まち》は静《しず》けさをとりもどしつつあった。

気《き》を失《うしな》ってたおれたセトを、アルマはひょいと肩《かた》にかついだ。アルマの背後《はいご》では、魔法《まほう》の檻《おり》に閉《と》じこめられたブレイブ・カルテットの４人《にん》が「だせ、だせ」と口々《くちぐち》にわめいている。

「……まったく、そうぞうしいったらありゃしない」

舌打《したう》ちしたアルマが指《ゆび》をパチンと鳴《な》らすと、４人《にん》の姿《すがた》は魔法《まほう》の檻《おり》ごと一枚《まい》の紙片《しへん》のなかに封印《ふういん》されてしまうのだった。

少《すこ》しはなれた場所《ばしょ》からは住人《じゅうにん》たちがアルマを遠《とお》まきに見《み》ていた。みんななにか言《い》いたげだが、口《くち》をひらく者《もの》はだれもいない。そんな彼《かれ》らをひとわたり見《み》まわしてから、アルマは箒《ほうき》をとりだした。その顔《かお》に浮《う》かぶのは、あきらめと落胆《らくたん》がいりまじった複雑《ふくざつ》な表情《ひょうじょう》だった。

「アルマさん！」

制止《せいし》する父親《ちちおや》の手《て》をふりはらって、トミーがこちらにかけよってくるのが見《み》えた。

「あの、アルマさん。これ、セトに、わたしてくれる？　大事《だいじ》なものなんでしょ？」

トミーが手《て》にしていたのは、いまやほとんどぼろきれとなったセトの手袋《てぶくろ》だった。

「……あんたがひろったのかい？　すまないね」

アルマが手袋《てぶくろ》を受《う》けとると、トミーがおもむろに口《くち》をひらいた。

「助《たす》けてくれて、ありがとうございます」

「！」

「……あと、セトに、『カッコよかった』って……」

トミーの顔《かお》は笑《わら》っていた。アルマにむけられたその笑顔《えがお》には一点《いってん》のくもりもない。ふつうの人《にん》間《げん》であるトミーが、魔法使《まほうつか》いの自分《じぶん》に対《たい》し、こんな言葉《ことば》を、こんな笑顔《えがお》で口《くち》にするとは……。アルマにとって、それは初《はじ》めての経験《けいけん》だった。

RADIANT

(ありがとう、か……)

生《う》まれかけたささやかな期待《きたい》の芽《め》をあえて否定《ひてい》するように、アルマがすっくと立《た》ちあがった。

「……あいかわらず、あまっちょろいね、あんたは！」

セトに背《せ》をむけたアルマが、かたわらのテーブルでセトに飲《の》ませるハーブ湯《ゆ》をつくりはじめる。

「教《おし》えただろ？　魔法使《まほうつか》いとふつうの人間《にんげん》は、絶対《ぜったい》にわかりあえないんだよ」

「だったらさ、オレがネメシスをぜんぶぶっつぶせばいいんだ！」

突拍子《とっぴょうし》もないセトの言葉《ことば》に、ハーブ湯《ゆ》をつくるアルマの手《て》が止《と》まった。

「だって、そうだろ？　ネメシスがぜんぶいなくなれば、『呪《のろ》い』にかかることもないし、ふつうの人《ひと》たちもおびえないですむぞ！　魔《ま》法《ほう》使《つか》いがこそこそかくれる必《ひつ》要《よう》もなくなる！」

(まったくこの子《こ》は、なにを言《い》いだすかと思《おも》えば……)

あきれるのを通《とお》りこして、思《おも》わず笑《わら》いだしそうになる。

「ばかを言《い》ってんじゃないよ。世《せ》界《かい》中《じゅう》にネメシスが何《なん》匹《びき》いると思《おも》ってんだい？」

「そ、それは……たくさん、かな？」

「その〝たくさん〟いるネメシスを、あんたひとりでどうこうできるわけないじゃないか」

アルマの冷《つめ》たい返《へん》事《じ》など意《い》にかいさず、セトはなおも言《い》いはる。

「だったら……そう！　ネメシスの巣《す》を探《さが》しだして、そこをぶっこわしてやる！」

「ネメシスの巣《す》、だって？　ふん、『ラディアン』にでも行《い》こうってのかい？」

「ら、らでぃ……ラディアン？」

初《はじ》めて耳《みみ》にする言《こと》葉《ば》だ。セトは目《め》を輝《かがや》かせてアルマに聞《き》きかえした。

「ラディアンってなんだ？　教《おし》えてくれよ、アルマ！」

しかたがない……と言《い》いたげな顔《かお》で、アルマがセトのほうをふりむいた。

「ラディアンってのは、ネメシスの巣《す》だといわれる場《ば》所《しょ》さ。……伝《でん》説《せつ》だけどね」

「ネメシスの巣《す》……それがラディアン……」

もごもごとつぶやいてから、セトが拳《こぶし》で手《て》のひらをパシンとたたく。

「きめた！　オレ、そのラディアンを探《さが》しに行《い》くぞ！　で、そいつをぶっこわす！」

「おいっ、聞《き》いてなかったのかい？　言《い》ったろ？　ラディアンは単《たん》なる伝説《でんせつ》、おとぎ話《ばなし》みたいなもんだよ」

「探《さが》してみなきゃわかんないだろう？」

「ばか！　ちっとは頭《あたま》を使《つか》って考《かんが》えてみな！　そんな場所《ばしょ》が本当《ほんとう》にあったら、とっくの昔《むかし》にだれかが見《み》つけてるよ！」

「でも、ネメシスは卵《たまご》でふってくる！　それなら卵《たまご》を産《う》む場所《ばしょ》があるはずじゃないか！」

もともとセトは聞《き》きわけが悪《わる》いが、今日《きょう》はいつにも増《ま》してしつこかった。

「……ったく、いつまでも夢《ゆめ》みたいなことを言《い》ってんじゃないよ」

うんざりしたアルマが会話《かいわ》を打《う》ちきろうとしても、セトはさらにくいさがってくる。

「なんだよ！　オレは――」

言《い》いかけたセトをさえぎって、アルマが真剣《しんけん》な顔《かお》をしてみせた。

「セト、いいかい？　あたしらの敵《てき》はね、ネメシスだけじゃない。……それはあんたも、よく知《し》ってるはずだね？」

「……」

セトがだまりこんだのを見《み》て、ハーブ湯《ゆ》を手《て》にしたアルマがセトのそばに戻《もど》ってきた。

「はあ……。そんなにネメシス退治《たいじ》がしたいなら、今度《こんど》、あたしの手伝《てつだ》いをさせてやるよ。それでいいだろ？　ほら？　これを飲《の》んで――」

「ネメシスを退治《たいじ》して、そのたんびに怖《こわ》がられたり、追《お》っかけまわされたりするのかよ？」

セトが声《こえ》をはりあげる。

「オレたちはネメシスからみんなを守《まも》ってるのに、なんできらわれなくちゃいけないんだ!?」

正論《せいろん》だった。しかし正論《せいろん》が常《つね》に〝正《ただ》しい〟とはかぎらないのだ。

「……あんたを悪者《わるもの》にはさせないさ。それはあたしの役《やく》

目《め》だからね」

そこまで言《い》って、アルマははっと息《いき》をのんだ。いまと同《おな》じようなことを、過去《かこ》にも自分《じぶん》に言《い》い聞《き》かせ、誓《ちか》ったことがある……。

（あんたを悪者《わるもの》にはさせない、か……）

「それじゃダメなんだっ！　オレはアルマを、魔法使《まほうつか》いを、悪者《わるもの》になんかさせたくない!!」

セトの気迫《きはく》にのみこまれそうになりながら、アルマはなんとかふみとどまった。

「……話《はなし》は、ここまでだよ。ほら、これをお飲《の》み。飲《の》んだら、もう寝《ね》な。……わかったね？」

RADIANT

〝いま〟のアルマにとって〝最初《さいしょ》〟の記憶《きおく》は、とある田舎町《いなかまち》の小《ちい》さな診療所《しんりょうじょ》から始《はじ》まる。気《き》づいたときアルマは全身《ぜんしん》に治療《ちりょう》をほどこされた状態《じょうたい》で、そまつなベッドに横《よこ》たわっていた。

「……意識《いしき》が戻《もど》ったか。よかった」

自分《じぶん》を見《み》おろすその顔《かお》に見覚《みおぼ》えはなかったが、その服装《ふくそう》から医者《いしゃ》であることはすぐにわかった。

「あんた、ひどいケガをしてたおれていたんだよ。いったいなにがあったんだい？」

「……わからない、なにも」

アルマはなにも覚《おぼ》えていなかった。医師《いし》の顔《かお》に困惑《こんわく》の色《いろ》が浮《う》かびあがる。肉体《にくたい》の負傷《ふしょう》なら治療《ちりょう》できても、失《うしな》われた記憶《きおく》をとりもどす方法《ほうほう》など彼《かれ》の知《し》るところではない。

力《ちから》なくかぶりをふったアルマは、自分以外《じぶんいがい》のもうひとりの人間《にんげん》——まだ幼《おさな》い子《こ》ども——がとなりのベッドに寝《ね》かされていることに気《き》づいた。

「そうそう、あんたはその子《こ》を守《まも》るようにかかえていたんだ。あんたの子《こ》どもじゃないのかい？」

すやすやと眠《ねむ》るその子《こ》の寝顔《ねがお》に見覚《みおぼ》えはなかった。

その子《こ》がだれなのか？　どこで出会《であ》ったのか？　なぜ自分《じぶん》といっしょにいたのか……？

（すべてを失《うしな》ったあたしに残《のこ》されたのは、まったく見覚《みおぼ》えのない、その子《こ》どもだけだった……）

自分自身《じぶんじしん》を探《さが》し求《もと》めるアルマの旅《たび》は、その日《ひ》から始《はじ》まった。


自分《じぶん》がいつ、どんなきっかけで魔法使《まほうつか》いになったのか？　アルマにその記憶《きおく》はない。だが魔法《まほう》使《つか》いである自分《じぶん》にやれることは、世界中《せかいじゅう》どこに行《い》こうとひとつしかない。それは、ネメシスと戦《たたか》いながら、失《うしな》われた記憶《きおく》を探《さが》し求《もと》めること……。

ネメシスを追《お》って世界中《せかいじゅう》の町《まち》や村《むら》をめぐり、アルマは旅《たび》をつづけた。まだ幼《おさな》いセトをただひとりの道連《みちづ》れとして。

（……おとずれた先々《さきざき》で、自分《じぶん》やセトを知《し》る者《もの》がいないかたずねてまわったものさ。だけど——）

やっかい者《もの》の魔法使《まほうつか》いの話《はなし》を、まともに聞《き》いてくれる〝ふつう〟の人間《にんげん》などいない。

（世界《せかい》のどこに行《い》ったって、あたしたちを歓迎《かんげい》してくれる場所《ばしょ》はなかった。……おまけに、あたしは、あのいまいましい『呪《のろ》い』までかかえこんで……）

魔法使《まほうつか》いとなった者《もの》は、代償《だいしょう》として例外《れいがい》なく『呪《のろ》い』を受《う》ける。その種類《しゅるい》はさまざまで特《とく》にきまったパターンなどはない。アルマの場合《ばあい》は、ときおりおそいくるはげしい頭痛《ずつう》だった。

呪《のろ》いの頭痛《ずつう》に特効薬《とっこうやく》はない。できることといえば、痛《いた》みが引《ひ》いてくれるのをひたすら待《ま》ちながら、たえつづけることだけだ。

（……あのころのあたしにとって、セトは単《たん》なるお荷物《にもつ》だったたっけ……。いっそ捨《す》ててしまおうかと、何度《なんど》も思《おも》ったものさ）

アルマがそうしなかったのは、セトの存在《そんざい》がたったひとつの手《て》がかりだったからだ。そう、自《じ》分《ぶん》がいったい何者《なにもの》なのか知《し》るための——

（言《い》ってみれば、セトはそのための道具《どうぐ》みたいなもんだったかもしれないね……）

そんなセトがただの『道具《どうぐ》』でなくなったのは、あの事件《じけん》がきっかけだった……。

雪深《ゆきぶか》い小《ちい》さな村《むら》のはずれに建《た》てられたそまつな小屋《こや》。それがアルマとセトの仮住《かりず》まいだった。

「あたしがネメシスを退治《たいじ》してくるまで、ここでおとなしくしてるんだよ？」

まだ幼《おさな》かったセトは、いまとちがって口《くち》ごたえなどしない。素直《すなお》にうなずくと、箒《ほうき》にまたがり飛《と》んでいくアルマにむかって、バイバイと小《ちい》さな手《て》をふった。セトは孤独《こどく》にはなれている。アルマを待《ま》つあいだ、小屋《こや》の前《まえ》で雪《ゆき》ダルマをつくるなど、ひとり遊《あそ》びで時間《じかん》をつぶしていればいい。

アルマが出発《しゅっぱつ》してから、しばらく時間《じかん》がたったころ――

「痛《いた》っ！」

どこかから飛《と》んできた小石《こいし》が、セトの頭《あたま》にぶつかった。頭《あたま》をおさえてふりかえると、いつのまにやってきたのか村《むら》の子《こ》どもたちがずらりと顔《かお》をそろえていた。

「それっ、魔法使《まほうつか》いを退治《たいじ》しろ！」

ひとりが号令《ごうれい》をかけると、子《こ》どもたちはいっせいにセトにおそいかかってきた。なぐる、ける、石《いし》を投《な》げる……それは問答無用《もんどうむよう》の暴力《ぼうりょく》だった。雪《ゆき》の地面《じめん》にうずくまり、セトは痛《いた》みにたえながら声《こえ》をはりあげた。

「知《し》ってるぞ！　村《むら》の家畜《かちく》が死《し》んだのは、おまえら魔法使《まほうつか》いのせいだ！」

「それはネメシスのせいだよ！　ボクたちじゃない！」

セトは必死《ひっし》に反論《はんろん》したが、子《こ》どもたちは聞《き》く耳《みみ》を持《も》たない。セトを痛《いた》めつけながら、口々《くちぐち》にののしりの言葉《ことば》を投《な》げかける。

「魔法使《まほうつか》い狩《が》りだっ！　バケモノはほろびちまえ！」

「とっととこの村《むら》からでていけ！」

身体《からだ》と心《こころ》をさんざん傷《きず》つけられ、セトはひたすら泣《な》きわめいていた。

「ううっ！　痛《いた》っ！　やめて！　お願《ねが》いだから、もう許《ゆる》してよ！」

「許《ゆる》すもんか！　悪者《わるもの》は退治《たいじ》されてとうぜんなんだ！」

（ち、ちがう……ボクは、ボクやアルマは、悪者《わるもの》なんかじゃない！）

「やめて！　もうやめてよ！　みんな、あっちに行《い》って！　うわああああっ!!」

決《けっ》して意識《いしき》したことではなかった。恐怖《きょうふ》と怒《いか》り、そして悲《かな》しみの感情《かんじょう》が全身《ぜんしん》を包《つつ》みこんだとき、大気中《たいきちゅう》のファンタジアがみるみるセトに集《あつ》まって、次《つぎ》の瞬間《しゅんかん》、一気《いっき》に暴発《ぼうはつ》したのだ。

暴発《ぼうはつ》したセトの魔法《まほう》は、子《こ》どもたちの身体《からだ》を吹《ふ》きとばし、アルマとセトのそまつな小屋《こや》をめちゃくちゃにしていた。

「うわあああああああああっ!!」

その夜《よる》……。村《むら》の中心部《ちゅうしんぶ》の広場《ひろば》に、住人《じゅうにん》たちが集《あつ》まっていた。広場《ひろば》には太《ふと》い丸太《まるた》が柱《はしら》のように立《た》てられ、荒縄《あらなわ》でぐるぐるまきにされたセトがそこにしばりつけられている。

顔《かお》も身体《からだ》も傷《きず》だらけのセトはぴくりとも動《うご》かない。ただ弱々《よわよわ》しくすすり泣《な》くだけだった。

松明《たいまつ》をかかげた大人《おとな》たちが集《あつ》まってくる。憎《にく》しみとおそれがないまぜになった表情《ひょうじょう》で、全員《ぜんいん》がセトをにらみつけていた。

「さっさとバケモノを処刑《しょけい》しろ！」

「で、でもよ、本当《ほんとう》に勝手《かって》にやっちまっていいのかな？　異端審問所《いたんしんもんじょ》を待《ま》ったほうが……」

「ばか！　コイツにさわられたら俺《おれ》たちも呪《のろ》われちまうんだぞ！」

「そうだ！　すぐにやらないと、こっちがあぶない！」

歩《あゆ》みでた住人《じゅうにん》がセトに松明《たいまつ》を近《ちか》づける。炎《ほのお》のきっさきがセトの顔《かお》をなでた。

「さあ、魔法使《まほうつか》いのガキを火《ひ》あぶりにするぞ！」

炎《ほのお》がセトの身体《からだ》に乗《の》りうつろうとしたとき、とりかこむ松明《たいまつ》の火《ひ》がいっせいにかき消《け》された。

予期《よき》せぬ事態《じたい》にとまどった住人《じゅうにん》たちが、火《ひ》の消《き》えた松明《たいまつ》を持《も》ったまま右往左往《うおうさおう》する。

住人《じゅうにん》たちとセトのあいだに、『それ』は猛《もう》スピードで割《わ》りこんできた。目《め》にもとまらぬ速《はや》さで空《そら》から舞《ま》い降《お》りたのは、ひとりの人間《にんげん》……いや、ひとりの魔法使《まほうつか》い――アルマである。

セトの前《まえ》に立《た》ちはだかったアルマは、一番近《ばんちか》くにいた男《おとこ》の顔《かお》をわしづかみにした。指先《ゆびさき》に力《ちから》をこめると、男《おとこ》がとたんに苦痛《くつう》の声《こえ》をもらす。

「うがあ、ひぃいいっ!!」

「ほら、魔法使《まほうつか》いの祝福《しゅくふく》だよ！　これであんたは呪《のろ》われた。……ほかにも希望者《きぼうしゃ》はいるかい？」

射《い》るような視線《しせん》で住人《じゅうにん》たちをにらみつけるアルマ。

「あたしたちにさわられたら、呪《のろ》いがうつるんだろ？　ここにいる全員《ぜんいん》、呪《のろ》ってやろうか？」

するどい眼光《がんこう》と不吉《ふきつ》な言葉《ことば》が、住人《じゅうにん》たちの心《こころ》を折《お》る。逃《に》げまどう住人《じゅうにん》たちのなかに、アルマは男《おとこ》をほうりだしてやった。するとほかの住人《じゅうにん》たちは、今度《こんど》はその男《おとこ》から逃《に》げまわりはじめる。

「近《ちか》よるな！　俺《おれ》まで呪《のろ》われるじゃねえかよ！」

「ま、待《ま》って！　俺《おれ》は呪《のろ》われてない！　呪《のろ》われてなんかいないってば！」

そんな住人《じゅうにん》たちの姿《すがた》を、アルマはどこまでも冷《さ》めた目《め》で見《み》つめていた。

「だれになにを吹《ふ》きこまれたのか知《し》らないが、呪《のろ》いがうつったりするもんかい。ばかばかしい」

やがて住人《じゅうにん》たちはひとり残《のこ》らず姿《すがた》を消《け》し、残《のこ》されたのはアルマとセトだけになった。

セトは泣《な》きだすのを懸命《けんめい》にこらえていた。死《し》に直面《ちょくめん》した恐怖《きょうふ》と、救《すく》われた安心感《あんしんかん》……。幼《おさな》い心《こころ》はほとんど限界《げんかい》だった。アルマが縄《なわ》をとくと同時《どうじ》に、セトがアルマにたおれこんでくる。その小《ちい》さな身体《からだ》をアルマがとっさに抱《だ》きとめる。アルマの腕《うで》のなかで、セトはようやく声《こえ》をあげて泣《な》いた。

「アルマ……うっ、ひっく、ひっく……うえええん！」

「もうだいじょうぶだ。安心《あんしん》しな……」

アルマのささやきはどこまでもやさしく、なによりもおだやかだった。

（……あたしは初《はじ》めて気《き》づいたのさ。この子《こ》の小《ちい》ささ、たよりなさに。この子《こ》はあたしが守《まも》らなきゃいけない、心《こころ》からそう思《おも》った。……二度《ど》とこの子《こ》を『悪者《わるもの》』になんかさせるもんか。それはあたしが引《ひ》き受《う》ける――あのとき、あたしは、そうきめたんだ……）

その日《ひ》からアルマは、あてもなく世界《せかい》をさすらうことをやめた。自分《じぶん》を知《し》ることをあきらめたわけではない。だが、それよりもっと大事《だいじ》なこと、いまの自分《じぶん》にもっとも必要《ひつよう》なことがなんなのか……そのこたえをアルマは見《み》つけたのだ。

ゴンドラ気球《ききゅう》の住《す》み家《か》を手《て》にいれたのは、その事件《じけん》のすぐあとだった。

（ほしかったのは、セトを守《まも》れる場所《ばしょ》。ほかのだれにもおびやかされず、傷《きず》つけられることのな

い自分《じぶん》たちの城《しろ》を、用意《ようい》しなけりゃならなかった……）
セトとふたりで静《しず》かに生《い》きていける……いわば安住《あんじゅう》の地《ち》を求《もと》める旅路《たびじ》だった。
（……世間《せけん》ってやつは、いつもあたしたちを追《お》いやろうとしてきたが、そんなときは風《かぜ》にまかせて旅《たび》をすればよかった……。心安《こころやす》らかに暮《く》らせる場所《ばしょ》にいつかたどりつけるはず……。ふたりで笑《わら》いあいながら、いくつもの空《そら》をこえてきたっけ……）

RADIANT

うす暗《ぐら》い灯《あか》りのなか、アルマは自室《じしつ》のテーブルでほおづえをついていた。部屋《へや》に戻《もど》ってきてすぐにいれたコーヒーは、もうとっくに冷《さ》めきっている。
幼《おさな》かったセト。泣《な》いたり、笑《わら》ったりしながら、自分《じぶん》のあとを追《お》いかけてきたあのころのセトの姿《すがた》が、こうして目《め》を閉《と》じるだけでまぶたの裏側《うらがわ》にあざやかによみがえってくる。

何度《なんど》も笑《わら》いあって、何度《なんど》もしかって、……ずっといっしょに旅《たび》をしてきた。これから先《さき》も、きっと旅路《たびじ》をともにするものと……そう信《しん》じていた。

（だけど……）

まぶたの裏《うら》の幼《おさな》いセトが、ふいにその姿《すがた》を消《け》した。かわりに、そこに映《うつ》しだされたのは……現《げん》在《ざい》のセト。その生意気《なまいき》そうな笑顔《えがお》だった。

『オレがネメシスの巣《す》をぶっつぶしてやる！』

大口《おおぐち》をたたくセトの声《こえ》が聞《き》こえた気《き》がする。アルマはゆっくりと立《た》ちあがり、部屋《へや》のすみにおかれたタンスの扉《とびら》をあけた。なかからとりだしたのは、セトが小《ちい》さいころに着《き》ていた上着《うわぎ》だった。

「……いつのまにか、大《おお》きくなってたんだね」

それは自分《じぶん》でもおどろくほど、やさしい声《こえ》に聞《き》こえた。

セトがアルマの〝子《こ》〟であるならば、〝子《こ》〟はいつか〝親《おや》〟のもとから巣《す》だっていくものなのかもしれない……。

その翌朝《よくあさ》……。朝日《あさひ》がまだのぼりきる前《まえ》のうす暗《くら》がりのなか、アルマのゴンドラの扉《とびら》をあける者《もの》がいた。……セトである。

「……うしっ、行《い》くか！」

デッキに立《た》って深呼吸《しんこきゅう》したセトが、気合《きあ》いのこもったひとりごとをつぶやいたそのとき――

「どこに行《い》くっていうんだい？」

「うわっ!?」

おどろいてふりかえると、仁王立《におうだ》ちのアルマがそこにいた。

「あんたの考《かんが》えてることなんてお見通《みとお》しだよ。……本当《ほんとう》に行《い》くつもりなんだね？」

口調《くちょう》こそ荒《あら》っぽいが、アルマの声《こえ》にセトをとがめるようなひびきはなかった。

「安心《あんしん》しな。止《と》めやしないよ。だけど手《て》がかりもなしに、どうするつもりだい？」

「そ、それは……」

少《すこ》し口《くち》ごもってから、セトは拳《こぶし》を高《たか》くつきあげた。

「気合《きあ》いでどうにかなる！」

なるわけがない。アルマは深《ふか》くため息《いき》をついた。

「はあ……。しょうがないね。コイツを持《も》っていきな。魔法使《まほうつか》いの必需品《ひつじゅひん》がはいってる」

アルマがさしだしたのは、大《おお》きなバッグがくくりつけられた魔法《まほう》の箒《ほうき》だった。

「アルマの箒《ほうき》じゃないか！　いいのか？」

「ふん、餞別《せんべつ》だよ。……いっぱしの魔法使《まほうつか》いを気《き》どるのに、自前《じまえ》の箒《ほうき》もなしじゃあカッコがつかないだろ。それから――」

つづいてアルマがとりだしたのは、トミーがひろってくれたセトの手袋《てぶくろ》だった。ぼろぼろだったのをアルマがていねいに縫《ぬ》いなおしたものだ。

セトの手《て》のひらに手袋《てぶくろ》をおいたアルマは、その上《うえ》に自分《じぶん》の手《て》をかさねてぎゅっとにぎりしめる。

「セト、ひとつ約束《やくそく》しな。……バケモノになるんじゃないよ」

「ならないさ！　オレがなるのは世界一《せかいいち》の大魔法使《だいまほうつか》いなんだから！」

「そうかい、それならいいさ」

「……それじゃ、オレ、そろそろ――」

「おっと、もうちょっとだけ待《ま》ちな」

はやるセトをいなすように、アルマがさらにつけ加《くわ》える。

「で、あんたはいったい、どこをめざすつもりだったんだい？」

「ええと、その……上《うえ》、かな？　うん、ずっと空高《そらたか》く？」

自信《じしん》なげに言《い》ったセトがアルマの反応《はんのう》をうかがうが、アルマはなにもこたえない。

「そ、それじゃあ、下《した》？　そう、ずっと地面深《じめんふか》くとか？」

「目的地《もくてきち》もわからず、どこへ行《い》くつもりだったんだか……。あのね、あんたがめざすのは、アルテミスっていう街《まち》さ」

「アルテミス？　どこだそれ？」

「なんの手《て》がかりもなしにラディアンを探《さが》せるわけないだろう？」

「じゃあ、そのアルテミスってとこに行《い》けば、手《て》がかりがわかるのか？」

「ほとんどわからないも同然《どうぜん》だけどね。まあ、ほかの場所《ばしょ》よりは多少《たしょう》ましってところかねえ。……アルテミスは世界中《せかいじゅう》から魔法使《まほうつか》いが集《あつ》まる研究都市《けんきゅうとし》さ。あんたは、そこでヤガっていう奴《やつ》を探《さが》しな。あたしが知《し》るかぎり、そいつは最強《さいきょう》の魔法使《まほうつか》いのひとりだよ」

「最強《さいきょう》の魔法使《まほうつか》い!?」

その言葉《ことば》が琴線《きんせん》にふれたのか、セトが瞳《ひとみ》をきらきら輝《かがや》かせる。

「ヤガならなにか手《て》がかりを知《し》ってるかもしれない。それと……アルテミスではね、〝黄色《きいろ》い猫《ねこ》〟にだけは気《き》をつけるんだよ？」

「黄色《きいろ》い猫《ねこ》？　……うーん、なんだかよくわかんねえけど、気《き》をつける！」

首《くび》をかしげてそうこたえてから、もらったばかりの箒《ほうき》をセトが改《あらた》めてにぎりしめた。

「……それじゃあ、アルマ！　行《い》ってくる！」

力強《ちからづよ》くそう言《い》うと、気球《ききゅう》から陸地《りくち》にかけられた桟橋《さんばし》を歩《ある》きだしたセトだったが、なぜだか急《きゅう》に足《あし》を止《と》めるとくるりと反転《はんてん》してかけもどり、そのままアルマにとびついた。

セトはアルマに抱《だ》きつきながら、蚊《か》の鳴《な》くような声《こえ》でぽつりとつぶやく。

「アルマ、ありがとう……」

セトの背中《せなか》が小刻《こきざ》みにふるえていた。アルマはセトの頭《あたま》をやさしくぽんぽんとたたきながら、静《しず》かな声《こえ》でささやいた。

「……身体《からだ》に、気《き》をつけるんだよ？」

「う、うん、わかった……」

そう言《い》って顔《かお》を上《あ》げたセトの瞳《ひとみ》には、うっすらと涙《なみだ》がにじんでいた。

「……行《い》ってきます！」

「ああ、さっさと行《い》っちまいな！」

セトはふたたび、今度《こんど》は二度《ど》とうしろをふりかえることなく、朝日《あさひ》にむかって走《はし》りだした。アルマにもらった箒《ほうき》にとび乗《の》り、そのまま大空《おおぞら》へ舞《ま》いあがっていく……。

みるみる小《ちい》さくなるセトの姿《すがた》を横目《よこめ》でちらりと追《お》いながら、ひとりごとを言《い》うアルマ。

「……本当《ほんとう》に、とんだ大荷物《おおにもつ》だったよ」

笑顔《えがお》を涙《なみだ》でしめらせて、アルマが最後《さいご》の憎《にく》まれ口《ぐち》をはいた。

「まあ、たしかに、そろそろ旅《たび》だつ頃合《ころあ》いだったのかもね。あの子《こ》が、本当《ほんとう》に〝一人前《いちにんまえ》〟になるための……。ふん、認《みと》めたかないけどさ」

ちょうどのぼりきった朝《あさ》の光《ひかり》が、アルマのほおを伝《つた》う一筋《ひとすじ》の涙《なみだ》を、きらきらと輝《かがや》かせていた……。


ポンポ・ヒルズ21番島《ばんとう》の上空《じょうくう》を、セトを乗《の》せた箒《ほうき》が飛《と》んでいく。セトがふと地上《ちじょう》に目《め》をやると、町《まち》の人々《ひとびと》のなかにトミーと、その父親《ちちおや》の姿《すがた》が見《み》えた。

空《そら》を見《み》あげたトミーと、セトの目《め》と目《め》があう。笑顔《えがお》のトミーがセトに手《て》をふった。それに気《き》づいた父親《ちちおや》もセトにむかってお辞儀《じぎ》をしてみせる。これから旅《たび》だつセトにとって、それはまたとない餞別《せんべつ》にも思《おも》えた……。

トミーたちに軽《かる》く手《て》をふりかえしてから、セトは箒《ほうき》のスピードを上《あ》げた。まぶしい朝《あさ》の陽《ひ》ざしを全身《ぜんしん》にあびながら、箒《ほうき》はぐんぐん上昇《じょうしょう》していく。セトの目《め》の前《まえ》にひろがるのは、どこまでも青《あお》い空《そら》と、すきとおった白《しろ》い雲《くも》だけだった。

「……待《ま》ってろよ、ラディアン！　絶対《ぜったい》にオレがぶっこわしてやるからな‼」

涙《なみだ》のあとを腕《うで》でぐいっとぬぐったとき、そこにあるのは、ひとりのたくましい〝男《おとこ》〟の笑顔《えがお》だった……。

第《だい》6章《しょう》 セトと異端審問官《ドラグノフ》

ポンポ・ヒルズ21番島《ばんとう》の中心部《ちゅうしんぶ》から少《すこ》しはなれた場所《ばしょ》に、ふだんは外港《がいこう》として使《つか》われている小島《こじま》がある。一隻《いっせき》の飛空艇《ひくうてい》が、ゆっくりとそこに降《お》りてきた。その飛空艇《ひくうてい》は少《すこ》しふうがわりな形状《けいじょう》で、船体《せんたい》の両《りょう》サイドから2本《ほん》の腕《うで》のようなパーツがぶらさがっている。

アルマはひとり地上《ちじょう》に立《た》って、この飛空艇《ひくうてい》が着陸《ちゃくりく》するのを待《ま》ちかまえていた。

「ちっ、やっと到着《とうちゃく》かい。どれだけ待《ま》たせるんだよ……」

着陸《ちゃくりく》した飛空艇《ひくうてい》のキャノピーがひらき、中年《ちゅうねん》の男《おとこ》が顔《かお》をのぞかせる。

「残骸《ざんがい》の回収《かいしゅう》を依頼《いらい》してきたアルマさんかい？ ワシはドク。ネメシス研究《けんきゅう》の権威《けんい》だ」

飛空艇《ひくうてい》から降《お》りたドクが、アルマに近《ちか》づいてくる。

「やれやれ、それにしても、えらくへんぴなところだね。探《さが》すのに手間《てま》どったよ」

「手間《てま》どりすぎだろ。連絡《れんらく》したのは3日《みっか》も前《まえ》だよ。アルテミスの連中《れんちゅう》ってのはこれだから……」

「え？ ひとあし先《さき》に助手《じょしゅ》をむかわせたはずなんだが。ほら？ 赤毛《あかげ》の……。きてない？ ってことは、あいつ、また迷子《まいご》になってるんだな」

「あ？　なんだって？」

「いやいや、こっちのこと……。ああ、ところで、出張料金《しゅっちょうりょうきん》のことなんだがね」

「ネメシスの残骸《ざんがい》を持《も》ち帰《かえ》れば賞金《しょうきん》がでるんだろ？　知《し》らないとでも思《おも》ったのかい？」

「ちっ、知《し》ってたか。……じゃあ異端審問官《いたんしんもんかん》に見《み》つかる前《まえ》に、とっとと回収《かいしゅう》しちまうかね」

軽《かる》く肩《かた》をすくめてから、ドクは面倒《めんどう》くさそうに飛空艇《ひくうてい》へ戻《もど》っていった。

ふたたび飛《と》びたつ飛空艇《ひくうてい》を見送《みおく》りながら、アルマがふと思《おも》いだしたようにつぶやく。

「そうか、もう3日《みっか》たっちまったか。セトの奴《やつ》、うまいことやってるのかね……」

RADIANT

「タイタン・パーンチ!!」

セトの叫《さけ》び声《ごえ》と、複数《ふくすう》の人間《にんげん》の悲鳴《ひめい》や怒号《どごう》、そしてなにかがこわれる音《おと》が空《そら》にひびきわたった。

ひとめ見《み》ただけで民間《みんかん》のものではないとわかる、戦闘仕様《せんとうしよう》の大型飛空艇《おおがたひくうてい》——3日前《みっかまえ》に21番島《ばんとう》から旅《たび》だったセトはいま、その甲板上《かんぱんじょう》で戦《たたか》いのまっ最中《さいちゅう》だった。

セトをとりおさえようとした兵士《へいし》たちが、次々《つぎつぎ》とはねとばされる。

「なんでオレが逮捕《たいほ》されなきゃなんねえんだよ!?」

たったひとりの少年《しょうねん》を相手《あいて》に思《おも》わぬ反撃《はんげき》を受《う》けた兵士《へいし》たちは、あきらかにとまどっていた。

「こいつ、妙《みょう》な技《わざ》を使《つか》うぞ！　気《き》をつけろ！」

船内《せんない》からでてきたひとりの男《おとこ》が、甲板《かんぱん》の様子《ようす》を見《み》てあきれたように言《い》う。

「……これは、なんのさわぎだ？」

顔《かお》の半分《はんぶん》ほどをおおった長《なが》い髪《かみ》。そのすきまから左目《ひだりめ》にまかれた眼帯《がんたい》がのぞく。彼《かれ》こそはこの巡視船《じゅんしせん》をひきいるドラグノフ。異端審問官《いたんしんもんかん》の隊長《たいちょう》だった。

「あっ、隊長《たいちょう》！　申《もう》しわけありません！　この小僧《こぞう》がよそ見運転《みうんてん》をしておりまして、我々《われわれ》の船《ふね》にぶつかってきたんです!!」

「はあ？　よそ見運転《みうんてん》だあ？　……ん？」

セトの頭部《とうぶ》にはえた2本《ほん》のツノを、ドラグノフがめざ

とく見《み》つけた。

「ははーん、おまえ、魔《ま》法《ほう》使《つか》いだな？」

「おうっ、オレは魔《ま》法《ほう》使《つか》いのセト！　……まだ見《み》習《なら》いだけどな」

かくすそぶりさえなく、胸《むね》をはってこたえたセトを見《み》て、ドラグノフがけげんな顔《かお》をする。

「ばか、なのか……？」

「なんだと！　ばかって言《い》った奴《やつ》がばかだって、アルマが言《い》ってたぞ!!」

「……おい、この小僧《こぞう》がぶつかってきたとか言《い》ったな？」

ドラグノフが副長《ふくちょう》に聞《き》いた。

「はっ、我《わ》が艦《かん》の針路《しんろ》に侵入《しんにゅう》してきまして。あやしいので、問《と》いただそうとしたところ……」

「暴《あば》れている、というわけか」

「だから、わざとじゃないって言《い》ってるだろ！　箒《ほうき》のあつかいがうまくないだけで……！」

「本当《ほんとう》になにも知《し》らないらしい。……田舎《いなか》のほうまでは法令《ほうれい》がいきとどいてないみたいだなあ」

天《てん》をあおいだドラグノフのとなりで、副長《ふくちょう》がセトをどなりつける。

「おまえは我々《われわれ》の目《め》の前《まえ》で魔《ま》法《ほう》を使《つか》った。それで身《み》分《ぶん》証《しょう》なり通《つう》行《こう》証《しょう》なりを持《も》っていないというのであれば、逮《たい》捕《ほ》しなくてはならない！」

「オレはなんにも悪《わる》いことしてないだろうが！」

「しかし、これからするかもしれん」

副長《ふくちょう》にかわってこたえたのは、ドラグノフだった。

「それがいまの法令《ほうれい》だ。俺《おれ》たち異端審問官《いたんしんもんかん》は、それを国中《くにじゅう》に徹底《てってい》させるために存在《そんざい》しているんだ」

「そ、そんなこと知《し》るかよ！」

セトに一瞬《いっしゅん》のすきが生《う》まれた。それをのがさず、兵士《へいし》たちがいっせいにとびかかる。

「う、うわっ!?」

セトを下《した》じきにして山積《やまづ》みにかさなっていく兵士《へいし》たち。さすがのセトもこれだけの人間《にんげん》をはねかえすことはできない。

「た、隊長《たいちょう》、確保《かくほ》しましたーっ！」

「ふー、やれやれだな……」

ため息《いき》をひとつついたドラグノフが、大《おお》げさに肩《かた》をすくめてみせた。

捕《と》らえられたセトは、甲板上《かんぱんじょう》に設置《せっち》された檻《おり》に閉《と》じこめられていた。箒《ほうき》も荷物《にもつ》もすべて没収《ぼっしゅう》され、残《のこ》されたのは身《み》に着《つ》けた衣服《いふく》だけである。

「ふん、こんな檻《おり》、オレの魔法《まほう》でぶっこわしてやる！」

とことんあきれかえったという顔《かお》で、ドラグノフが檻《おり》のなかのセトをのぞきこんだ。

「本当《ほんとう》になにも知《し》らないんだなあ。この檻《おり》はな、ファンタジアを無効化《むこうか》する黒銀《こくぎん》でできてる。こっちはおまえたちみたいなのを専門《せんもん》に相手《あいて》してるんだぞ。対策《たいさく》ずみにきまってるだろう？」

「う、うう……やいっ、オレをどうするつもりだ？」

「都《みやこ》の地下《ちか》で、ざっと10年《ねん》は労働《ろうどう》の刑《けい》だろうな」

副長《ふくちょう》の言葉《ことば》を聞《き》いたセトが、血相《けっそう》を変《か》える。

「じゅ、10年《ねん》だってえっ!?　そんなことしてたら、ラディアンを探《さが》せないじゃないか！」

「ラディアン？」

「相手《あいて》にするな。魔法使《まほうつか》いどもに伝《つた》わるくだらんおとぎ話《ばなし》だよ。なんでも、ネメシスはそこからふってくるとかいって……」

「ネメシスが？　小僧《こぞう》、そんなものが本当《ほんとう》にあるとでも思《おも》ってるのか？」

小《こ》ばかにした口調《くちょう》で言《い》う副長《ふくちょう》を、セトがじろりとにらみつけた。

「ある！　オレはそこへ行《い》って、ネメシスをぶったおしてやるんだ！」

「こいつめ、なんとか逃《に》げだしたいからとてきとうなことを言《い》ってるな」

「いや、ちがうな、副長《ふくちょう》くん。たぶん本当《ほんとう》に……ばかなんだろう。小僧《こぞう》。おまえのために忠告《ちゅうこく》しておいてやる。その言葉《ことば》はな、おいそれと口《くち》にしてはならない、タブーとされているものだ。よけいなことを言《い》って、わざわざ罪《つみ》を増《ふ》やすようなまねをするな」

セトにそう告《つ》げて立《た》ち去《さ》ろうとしたドラグノフに、そばにいた若《わか》い兵士《へいし》がおずおずと聞《き》く。

「……あの、隊長《たいちょう》。魔法使《まほうつか》いが呪《のろ》われているというのは、本当《ほんとう》の話《はなし》なのでしょうか？」

「本当《ほんとう》だ。ネメシスにふれて生《い》きのびた者《もの》は、その身《み》に呪《のろ》いを受《う》ける……。魔法《まほう》を習得《しゅうとく》するというのはそういうことだ……」

檻《おり》のなかにとり残《のこ》されたセトは、頭《あたま》のツノにふれながらなにやらぶつぶつつぶやいていた。

「いつも言《い》われてたもんなあ、ツノはかくしておけって……。アルマのお説教《せっきょう》、もっとマジメに聞《き》いておくべきだったかも……」

めずらしくしおらしい気持《きも》ちになって、旅《たび》だちの日《ひ》に言《い》われたことを思《おも》いかえすセト。

「うーん、なんて言《い》ってたっけ？　魔法使《まほうつか》いの街《まち》？　それに……そうそう、最強《さいきょう》の魔法使《まほうつか》い、ヤガだったか？　あとは、うん、黄色《きいろ》い猫《ねこ》がなんとかかんとか……」

うろ覚《おぼ》えの記憶《きおく》をひろい集《あつ》めているとき、すぐそばからだれかのアクビが聞《き》こえてきた。

「ふわあ〜……」

鉄格子《てつごうし》のすきまから外《そと》を見《み》てみると、同《おな》じような檻《おり》がとなりに設置《せっち》してある。そこに閉《と》じこめられているだれかが、もぞもぞと動《うご》きだす。

「ふぁあああ〜、よく寝《ね》た。……あら、あなた、おとなりさんね？　おはよう！　私《わたし》、メリ。ポンポ・ヒルズ21番島《ばんとう》に行《い》くところだったんですけど、道《みち》に迷《まよ》っちゃって……」

若《わか》い女《おんな》が檻《おり》のなかから、明《あか》るい声《こえ》で話《はな》しかけてきた。

「えっ！　それ、オレの住《す》んでた島《しま》だぞ」

「わあ、偶然《ぐうぜん》！　私《わたし》、そこにネメシスを回収《かいしゅう》しに行《い》こうとしてたんですよ。実《じつ》は私《わたし》、アルテミスから派遣《はけん》された魔法使《まほうつか》いなんです！」

「ピユイッ！」

メリのかげから1匹《ぴき》の小動物《しょうどうぶつ》が顔《かお》をだした。コウモリみたいなつばさをはやしたその小動物《しょうどうぶつ》は、メリのまわりをぱたぱたと飛《と》びまわってみせる。

「あ、こちらはミスター・ボブリー。私《わたし》のお友達《ともだち》……みたいなものです！」

「ピユッピユ〜イ！」

「ふ〜ん、ボブリーかあ。オレはセト。よろしくな。……で、え〜と、メリだっけ？　おまえも

あいつらにつかまったのか？　アルテミスの魔法使《まほうつか》いなのに？」

「といっても、腕前《うでまえ》はまだ見習《みなら》いですけどね。私《わたし》の身《み》分《ぶん》を証明《しょうめい》できる人《ひと》と、はぐれてしまったんですよ～。ドクっていうんですけど、その人《ひと》がむかえにきてくれれば、だいじょうぶじゃないかなって」

メリがセトの頭《あたま》にふと目《め》をやった。

「あれ？　そのツノ、カッコイイですね！　そこからビーッて魔法《まほう》がでたりするんですか？」

「でねーよ。変《へん》な奴《やつ》だな、おまえ」

セトがそうこたえたとき、巡視船《じゅんしせん》がいきなり大《おお》きくゆれた。

「うわっ!?　なんだよ、今度《こんど》は！」

ドクを甲板《かんぱん》で待《ま》ちかまえていたのは、威嚇《いかく》するように隊列《たいれつ》を組《く》んだ兵士《へいし》たちだった。航行中《こうこうちゅう》に巡視船《じゅんしせん》とでくわしたドクは、飛空艇《ひくうてい》ごと捕獲《ほかく》されてしまったのである。さっきのゆれは、ドクの飛空艇《ひくうてい》をとらえて固定《こてい》したときに起《お》こったものだった。

「田舎《いなか》は特《とく》にぶっそうなので、取《と》りしまりを徹底《てってい》しておる。積《つ》み荷《に》も確認《かくにん》させてもらおうか」

副長《ふくちょう》の言葉《ことば》を聞《き》いて、ドクは思《おも》わず冷《ひ》や汗《あせ》を流《なが》した。積《つ》み荷《に》のなかには回収《かいしゅう》してきたネメシスの残骸《ざんがい》がある。発見《はっけん》されたら、どんな言《い》いがかりをつけられるかわかったものではない。

「ちょ、ちょっと待《ま》って、実《じつ》は私《わたし》、アルテミスの研究者《けんきゅうしゃ》でして！　ほら、これ、身分証《みぶんしょう》！」

「なにをそんなにあわてている？　……あやしいな。やはり検査《けんさ》する必要《ひつよう》がありそうだ」

（くっ、もうおしまいだあ……！）

「あっ、ドク!?　ドクじゃない！」

声《こえ》がしたほうをふりかえるドク。甲板《かんぱん》のすみにおかれた檻《おり》のなかから、メリが元気《げんき》よく手《て》をふっているのが見《み》えた。

「え？　メリ、おまえ、そこでなにをやってるんだ!?」

審問官《しんもんかん》たちに気《き》づかれないように注意《ちゅうい》をはらいながら、ドクがメリに聞《き》いた。

「てへへ、ネメシスの回収《かいしゅう》に行《い》くって言《い》ったらつかまっちゃって」

ネメシスという言葉《ことば》を耳《みみ》にして、副長《ふくちょう》の顔色《かおいろ》がさっと変《か》わった。

「ちょっと待《ま》て！　ネメシスだと？　おい、おまえ、あの女《おんな》の仲間《なかま》か？」

「ひっ！　と、とんでもない！　あんな娘《むすめ》、ぜんぜん知《し》りませんよ！」

「むかえにきてくれたんじゃないの？　それともドクひとりで、もう回収《かいしゅう》しちゃったとか？」

「ひーっ、知《し》らん、おまえなんか知《し》らん！」

絶望的《ぜつぼうてき》な気分《きぶん》になりながらドクは必死《ひっし》にかぶりをふった。

「……ほお。ということは、あそこに積《つ》んであるのが21番島《ばんとう》にあらわれたネメシスの残骸《ざんがい》か」

いつのまに甲板《かんぱん》にでてきたのか、ドラグノフが興味深《きょうみぶか》そうな口《くち》ぶりで言《い》った。

「こちらで回収《かいしゅう》する手間《てま》がはぶけたな。おい、こいつも檻《おり》にいれておけ」

「わ、わ、わ！　待《ま》ってくれ！　ワシはただ依頼《いらい》されて、掃除《そうじ》に行《い》っただけなんだよおっ！」

とりおさえられたドクは、セトやメリと同《おな》じように、甲板《かんぱん》の檻《おり》のなかにほうりこまれてしまった。

「メリのばか！　よけいなことをベラベラ話《はな》すから、ワシまでつかまっちまったじゃないか！」

「てへへ、ごめんなさ〜い」

「おい、メリ。これ、だれだ？」

となりの檻《おり》のセトがメリにたずねた。

「この人《ひと》はドク。私《わたし》、この人《ひと》の助手《じょしゅ》なんですよ」

「うう、仕事《しごと》をいそがせたのが裏目《うらめ》にでたか。ああ、これからどうすれば……」

「なあ、21番島《ばんとう》のネメシスを回収《かいしゅう》に行《い》ってたんだろ？　オレはセト！　そのネメシスをやっつけたの、オレなんだぜ！　ドク、あんたも魔法使《まほうつか》いなのか？」

メリ以上《いじょう》に空気《くうき》を読《よ》めなそうなセトを見《み》て、ドクがしぶしぶ口《くち》をひらいた。

「魔法使《まほうつか》いじゃない。ワシは研究者《けんきゅうしゃ》だ。ネメシスの残骸《ざんがい》が手《て》にはいると聞《き》き、回収《かいしゅう》に行《い》っただけだ。状態《じょうたい》がよければ賞金《しょうきん》もでるからな。あんなコナゴナにされては、価値《かち》がないも同然《どうぜん》だがね！」

「文句《もんく》があるなら自分《じぶん》でネメシスをハントすればいいじゃないか。なんでやらないんだ？」

「死《し》にたくないからにきまっとるだろう！　ワシはな、危険《きけん》とか努力《どりょく》とか、そういうのが大《だい》きらいなんだ。そんなことは、おまえたち魔法使《まほうつか》いがやればいい」

セトをにらみつけたドクがまくしたてるようにつづける。

「バケモノたちが雨《あめ》のようにふってくる。おまえらはそれを1匹《ぴき》ずつ狩《か》っていく。それがこの世《せ》界《かい》の仕組《しく》みってもんじゃないか。……ま、きりがない話《はなし》だがね」

「きりがない、だって？　……そうか、それならやっぱり、オレの考《かんが》えはまちがってないじゃないか！　だってラディアンをぶっつぶしてやれば、ネメシスもまとめてやっつけられるぞ！」

「ネメシスをまとめて、だなんて……！　そんな大《だい》それたこと言《い》う人《ひと》、初《はじ》めて見《み》ました〜！」

「そりゃそうだろう。無茶《むちゃ》な話《はなし》だからな」

「無茶《むちゃ》でもなんでも、オレはアルマと約束《やくそく》したんだよ！」

「アルマだと？　おまえ、あのしかめっつらした魔法使《まほうつか》いの弟子《でし》か！」

「そんなことよりさ、あんた、アルテミスに戻《もど》るんだろ？　オレもつれてってくれ！」

「つ、つれてけったって、こんなとこに閉《と》じこめられちゃあ……」

「ピュピュッ！」

ミスター・ボブリーの声《こえ》が聞《き》こえた。メリの檻《おり》からではなく、あきらかに檻《おり》の外《そと》からである。

ボブリーが得意《とくい》げになにかをメリに見《み》せた。にぶい光《ひかり》を放《はな》つその小《ちい》さな金属《きんぞく》は——

「わあ、それってこの檻《おり》の鍵《かぎ》でしょ!?　ありがとう、ミスター・ボブリー！」

「ピュッピュッピュ〜イッ!!」

RADIANT

セト、メリ、そしてドクは、監視《かんし》の目《め》をぬすみながらこそこそと甲板《かんぱん》を移動《いどう》していた。巡視船《じゅんしせん》から逃《に》げだす前《まえ》に、うばわれたセトの荷物《にもつ》をとりかえさなければならない。

「……ったく、荷物《にもつ》なんぞあきらめて、とっとと脱出《だっしゅつ》したほうがいいのに。見《み》つかったらとんでもないことになるぞ」

「そうはいかないよ。アルマにもらった大事《だいじ》な箒《ほうき》もあるんだから」

ドクのぼやきをセトがはねつけたとき、メリが甲板《かんぱん》のむこうを指《ゆび》さした。

「あ、もしかして、あれじゃないですか？」

ひとりの兵士《へいし》がセトの箒《ほうき》を抱《だ》きかかえ、それを艇内《ていない》に運《はこ》びこもうとしている。

「あっ……！」

そちらに走《はし》りだそうとしたセトを、ドクがあわてて止《と》める。

「見《み》つかるだろ！　おまえだけならともかく、ワシまでまきこまんでくれ！」

「おーい、おまえたち、どこに行《い》くつもりだ？」

３人《にん》の頭上《ずじょう》から、場《ば》ちがいすぎるほどのんきな声《こえ》がした。声《こえ》の主《ぬし》はドラグノフ。ストローをさしたドリンクを片手《かたて》に、艦橋《かんきょう》の上《うえ》からセトたちを見《み》おろしている。

「おとなしくしてくれてりゃよかったのに……。残念《ざんねん》だな、俺《おれ》の目《め》からは逃《に》げられんよ」

ドラグノフの合図《あいず》で兵士《へいし》たちがわらわらと集《あつ》まり、すぐにセトたちをとりかこむ。

「脱獄《だつごく》は重罪《じゅうざい》だぞ。わかってるのか？」

「人《ひと》の荷物《にもつ》をとったくせに！　おまえらのほうが悪《わる》い奴《やつ》だろ！」

「隊長《たいちょう》サマ！　ワシは悪《わる》くないんです！　こ、この小僧《こぞう》におどされて……。そうだよな、メリ？」

ドクの言葉《ことば》など耳《みみ》にはいらないのか、メリもドラグノフにくってかかった。

「荷物《にもつ》と船《ふね》を返《かえ》してください！　セトはラディアンに行《い》くんですからね！」

「ラディアン？　まだそんなことを……。しょうがないな、とりおさえろ」

兵士《へいし》たちがいっせいにおそいかかる。すでに臨戦態勢《りんせんたいせい》のセトがすかさずそれをむかえうった。

「タイタン・パーンチ！」

またもや始《はじ》まる大乱闘《だいらんとう》。副長《ふくちょう》が指揮《しき》するベテラン兵《へい》たちがいっせいにセトにとびかかった。

「リパルス！」

メリのするどい一声《ひとこえ》と同時《どうじ》に、魔法《まほう》の壁《かべ》が兵士《へいし》たちの攻撃《こうげき》をせきとめる。セトのピンチを見《み》たメリが、とっさに放《はな》った防御魔法《ぼうぎょまほう》だ。

「すげえ！　やるじゃんか、メリ！」

「私《わたし》、防御魔法《ぼうぎょまほう》は得意《とくい》なんです。……でも、長《なが》くは持《も》ちませんよ！」

「えっ、そうなの⁉」

魔法《まほう》の壁《かべ》はすぐに限界《げんかい》をむかえ、メリは兵士《へいし》たちにおさえこまれてしまった。ところが、その兵士《へいし》たちの身体《からだ》が、なぜかとつぜん、大《おお》きく吹《ふ》きとばされたのである！　甲板《かんぱん》にたたきつけられた彼《かれ》らの真《ま》ん中《なか》に立《た》っていたのは――メリだった。

「……ぎゃーぎゃー、うるせえんだよ！」

メリのどなり声《ごえ》が空気《くうき》をびりびりふるわせた。さっきまでとは様子《ようす》がちがう。天真爛漫《てんしんらんまん》な明《あか》るい雰囲気《ふんいき》は消《き》えうせ、アウトローのようなすごみをただよわせながら、上目《うわめ》づかいであたりをにらみつけている。にこにこ笑顔《えがお》のほんわか娘《むすめ》が〝ふだんのメリ〟だとしたら、いまここにいるバイオレンス少女《しょうじょ》は、いわば〝裏《うら》メリ〟であった！

いきなり人《ひと》が変《か》わったメリを見《み》て、目《め》を白黒《しろくろ》させるセト。とりかこんでいた兵士《へいし》たちや副長《ふくちょう》も、あっけにとられて固《かた》まっていた。

「……な、なんなんだ、この女《おんな》、急《きゅう》に！」

「ぴーぴーさえずってんじゃねえよ、このザコどもがっ!!」

裏《うら》メリの放《はな》った攻撃魔法《こうげきまほう》、イグニス・ランペアが兵士《へいし》たちをもう一度吹《どふ》きとばした。

「なあドク。あれ、ホントにメリなのか？」

「……ああ、メリだ。あいつはな、極度《きょくど》のストレス状態《じょうたい》におちいると性格《せいかく》が逆転《ぎゃくてん》するんだ。……それがメリにかけられた『呪《のろ》い』なんだよ」

「メリの、呪《のろ》い……!?」

タガがはずれたように暴《あば》れまくる裏《うら》メリの前《まえ》に、兵士《へいし》たちはなすすべがなかった。

「ばらばらにされたくなかったら、とっとと道《みち》をあけな！」

いまや巡視船《じゅんしせん》は完全《かんぜん》に無法地帯《むほうちたい》となりつつあった……。

「まったく、これだから魔法使《まほうつか》いは……」

艦橋《かんきょう》から見守《みまも》っていたドラグノフが、混乱状態《こんらんじょうたい》の甲板《かんぱん》にすっと降《お》りたった。

ドラグノフは副長《ふくちょう》をさがらせると、裏《うら》メリの前《まえ》に立《た》ちふさがる。

「これが、おまえにかけられた『呪《のろ》い』か……」

「すかしてんじゃねえよ！」

裏《うら》メリの攻撃《こうげき》を軽《かる》くかわしたドラグノフが、持《も》っていた弓《ゆみ》で裏《うら》メリにねらいをつける。

「ここで正体《しょうたい》を見《み》せなければよかったものを……。あきらめるんだな。すでに『呪《のろ》われた』おまえたちに弁明《べんめい》の余地《よち》はない。神《かみ》の奇跡《きせき》において……極刑《きょっけい》だ」

「あわわわ、最悪《さいあく》だ……」

腰《こし》をぬかして情《なさ》けない声《こえ》をあげたドクのかたわらで、セトが叫《さけ》んだ。

「メリに手《て》をだすな！　タイタン・パーンチ!!」

ファンタジアを集《あつ》めた右手《みぎて》で、ドラグノフになぐりかかるセト。だが、セトの攻撃《こうげき》はドラグノフにはあたらずに、そのすぐ横《よこ》をすりぬけていく。

「よけるまでもない。そのていどの魔法《まほう》でたちうちできると思《おも》われたとは、屈辱《くつじょく》だな」

「かんちがいすんな。オレがねらったのはおまえじゃない！」

「なにっ？　……まさか――」

セトの意図《いと》を察《さっ》したドラグノフが身《み》をよじってふりかえったとき、セトのタイタン・パンチが巡視船《じゅんしせん》の後方《こうほう》に命中《めいちゅう》した！　そこにあったのは、ドクの飛空艇《ひくうてい》を固定《こてい》していた大型《おおがた》アームである。

「小僧《こぞう》、それがねらいか！」

攻撃《こうげき》のあおりで船体《せんたい》がぐらりとかたむいた。たおれこむ兵士《へいし》たちにまじって、運《はこ》びこまれようとしていたセトの荷物《にもつ》が甲板《かんぱん》に落《お》ちてくる。アルマの箒《ほうき》もいっしょだ。箒《ほうき》をすかさずひろいあげたセトは、間髪《かんはつ》いれずそれにまたがった！

「メリ、ドク、行《い》くぞ！」

セトがメリの手《て》をつかみあげ、同時《どうじ》にドクが箒《ほうき》の端《はし》にとびついた。アームから解放《かいほう》された飛空《ひくう》艇《てい》が、かたむきながら空《そら》へほうりだされた。３人《にん》を乗《の》せた箒《ほうき》がそれを追《お》うようにとびあがる。

重力《じゅうりょく》に引《ひ》かれて落《お》ちていく飛空艇《ひくうてい》めがけ、箒《ほうき》は一気《いっき》にダイブした！

「**行《い》っけえっ！！！**」

巡視船《じゅんしせん》の兵士《へいし》たちがそろって甲板《かんぱん》に棒立《ぼうだ》ちになり、遠《とお》ざかる飛空艇《ひくうてい》をただ見送《みおく》っていた。その姿《すがた》はみるみる小《ちい》さくなり、やがて空《そら》のなかにとけこんで見《み》えなくなった。

後方《こうほう》では隊長《たいちょう》のドラグノフが、兵士《へいし》たちと同《おな》じように空《そら》を見《み》あげていた。

「……やれやれ、やってくれる。まいったね」

「隊長《たいちょう》！　大砲《たいほう》の準備《じゅんび》が完了《かんりょう》しました！」

「もういい。とっくに射程外《しゃていがい》だよ。……それに、アルテミスに逃《に》げられてしまっては、おいそれと手《て》だしはできん」

そこまで言《い》ったとき、ドラグノフがふと思《おも》いだしたようにつけ加《くわ》えた。

「……あの小僧《こぞう》、素手《すで》でファンタジアをあつかっていたな」

飛空艇《ひくうてい》の消《き》えた空《そら》にふたたび視線《しせん》を送《おく》りながら、小《ちい》さくため息《いき》をつくドラグノフ。

「……ツノの小僧《こぞう》と、人格《じんかく》の変《か》わる女《おんな》か。まったく、これだから魔法使《まほうつか》いは……」

眼帯《がんたい》にふれながらつぶやくドラグノフの顔《かお》は、どこか笑《わら》っているようにも見《み》えた……。

飛空艇《ひくうてい》のコックピットでは、あおざめたドクが操縦《そうじゅう》かんをにぎりしめていた。そのうしろに立《た》っているのはセトと、そして〝裏《うら》〟ではない、〝ふだん〟のメリである。

「私《わたし》、頭《あたま》に血《ち》がのぼると性格《せいかく》が変《か》わっちゃうんです……」

「だから、みんなにやっかいがられて、正規《せいき》の魔《ま》法使《ほうつか》いになれんのだぞ！」

「はい、すみません」

頭《あたま》をさげたいまのメリから、裏《うら》メリの面影《おもかげ》は感《かん》じられない。

「すげえんだな、メリ！　あの攻撃魔法《こうげきまほう》、最高《さいこう》だ！　オレにも教《おし》えてくれよ！」

「え、ええ、教《おし》えてあげたいんですけど……私《わたし》、ふだんは防御魔法《ぼうぎょまほう》しか使《つか》えなくって……」

セトはちっとも聞《き》いておらず、「スゴいスゴい」と何度《なんど》もくりかえしている。

「いやあ、ホントにスゴかった！　オレもあんなふうに魔法《まほう》を使《つか》いこなしてえなあ！」

「ふふっ、変《へん》な人《ひと》ですね、セトって」

「あ、そうだ、ドク！　アルテミスには、あとどのくらいで着《つ》くんだ？」

「どのくらいもなにも、ほれ、もう見《み》えてきたよ」

飛空艇《ひくうてい》の進行方向《しんこうほうこう》にむかって、ドクがあごをしゃくってみせた。つられてそちらに顔《かお》をむけると、上空《じょうくう》に浮《う》かんだ厚《あつ》い雲《くも》の切《き》れまから、大《おお》きな建造物《けんぞうぶつ》が姿《すがた》をあらわすのが見《み》えた。

「うわあっ！　も、もしかして、アレが!?」

「もしかしなくても、あれがアルテミス学院《がくいん》だよ」

その巨大《きょだい》な浮遊都市《ふゆうとし》に、セトの目《め》はたちまち吸《す》いよせられる……。

「……**あれが、アルマの言《い》ってた……魔法使《まほうつか》いの街《まち》!!**」

第《だい》7章《しょう》　アルテミスとヤガ

アルテミスの表玄関《おもてげんかん》ともいえる飛行船《ひこうせん》ドック。そこを行《い》き来《き》するたくさんの飛行船《ひこうせん》を目《め》にしただけで、セトはこの研究都市《けんきゅうとし》のスケールの大《おお》きさを実感《じっかん》させられていた。

半透明《はんとうめい》の魔法《まほう》スクリーンを通過《つうか》してきた巨大飛行船《きょだいひこうせん》が、船首《せんしゅ》をドックの固定《こてい》アンカーに接続《せつぞく》されるのが見《み》えた。

「でっけえ……！　みーんな、魔法使《まほうつか》いの船《ふね》なのか？」

「そうですよ！　ドクのちっちゃなお船《ふね》とちがって、りっぱなものばっかりです」

笑顔《えがお》で話《はな》していたメリとセトのかたわらで、暗《くら》い顔《かお》をしたドクが頭《あたま》をかかえていた。

「……ああ、最悪《さいあく》だ。異端審問官《いたんしんもんかん》に目《め》をつけられるわ、通行証《つうこうしょう》もとられるわ、ぜーんぶ、このガキと出会《であ》ったせいだ」

ドックを通《とお》りぬけて都市内部《としないぶ》へつづくゲートにさしかかった3人《にん》に、女性《じょせい》の係員《かかりいん》がてきぱきとした足《あし》どりで近《ちか》づいてきた。

「新《あたら》しく到着《とうちゃく》された方《かた》ですね？　アルテミスのメンバーとごいっしょですか？」

「ん？　ああ、オレはセト。ドクといっしょにきたんだ！」

セトの返事《へんじ》を聞《き》いた係員《かかりいん》がドクをちらりと見《み》てから、さらに質問《しつもん》をつづける。

「ドク……彼《かれ》につれられてきた、ということですね？　それで、住人登録《じゅうにんとうろく》のご予定《よてい》は？」

メリがセトにすかさず耳打《みみう》ちする。

「アルテミス学院《がくいん》のハンターとして仕事《しごと》をしたり、いろんなサービスを受《う》けるためには住人登録《じゅうにんとうろく》が必要《ひつよう》なんですよ」

「うーん、でもオレ、ヤガって人《ひと》を探《さが》しにここにきただけだしなあ」

「……ん？　住人登録《じゅうにんとうろく》？　そ、それだ！」

ドクが目《め》を輝《かがや》かせる。

「小僧《こぞう》！　登録《とうろく》せんとヤガも会《あ》ってくれんぞ！　いますぐ登録《とうろく》しよう！」

ドクがセトにつめよった。そのいきおいに、さすがのセトも思《おも》わずあとずさりする。

「おい、次《つぎ》の入院式《にゅういんしき》はいつだ!?」

「はい、ちょうど、もうすぐ始《はじ》まるところかと」

係員《かかりいん》の返事《へんじ》を聞《き》いて、ドクが顔色《かおいろ》を変《か》えた。

「こうしちゃおれん、行《い》くぞ！　ワシが案内《あんない》してやる！」

言《い》い終《お》わらないうちにセトの手《て》をつかんだドクが、すごいいきおいでゲートをくぐりぬけていった。

「ど、どうしちゃったのかしら、ドク？」

メリもボブリーとともに、あわててふたりを追《お》いかけた。

とり残《のこ》された係員《かかりいん》が、首《くび》をかしげながらつぶやく。

「あ〜あ、行《い》っちゃった……。結局《けっきょく》、ドクさんが後見人《こうけんにん》、ってことでいいのよね？」

セトたち3人《にん》は、アルテミスの市街地《しがいち》にさしかかっていた。ついこの前《まえ》までポンポ・ヒルズ21番島《ばんとう》という田舎《いなか》で暮《く》らしていたセトにとって、ここは完全《かんぜん》に別世界《べっせかい》だった。

美《うつく》しく機能的《きのうてき》に整備《せいび》された街路《がいろ》。そこに建《た》ちならぶ大小《だいしょう》さまざまな建造物《けんぞうぶつ》。緑豊《みどりゆた》かな公園《こうえん》や遊《ゆう》歩道《ほどう》も用意《ようい》されていて、その風景《ふうけい》のなか、おおぜいの人々《ひとびと》が行《い》きかい、談笑《だんしょう》したり、箒《ほうき》で空《そら》を飛《と》んだりしている。

この巨大《きょだい》な浮遊都市《ふゆうとし》は、まさしく〝天空《てんくう》のメトロポリス〟なのだ。

「なあ、メリ、こいつら、みーんな魔法使《まほうつか》いなのか？」

「う〜ん、ドクのような研究者《けんきゅうしゃ》も住《す》んでますし、それに、数《かず》はずっと少《すく》ないけどふつうの人間《にんげん》もいたりしますけど、だいたいはみんな魔法使《まほうつか》いですね〜」

「そっかあ……。本当《ほんとう》に〝魔法使《まほうつか》いの街《まち》〟なんだなあ」

箒《ほうき》に乗《の》った魔法使《まほうつか》いがセトの頭上《ずじょう》を通《とお》りすぎていった。その行《ゆ》く手《て》のはるかむこうに、猫《ねこ》の形《かたち》をした巨大《きょだい》なドームがかすかに顔《かお》をのぞかせている。

「のんびりしてるんじゃない！　今日《きょう》の入院式《にゅういんしき》をのがしたら、何週間《なんしゅうかん》も待《ま》ちぼうけだぞ！　ヤガって奴《やつ》を早《はや》く探《さが》しに行《い》きたいんだろ、小僧《こぞう》？」

「そうだった、そうだった！　『アルテミスでヤガを探《さが》せ』ってのが、アルマの言《い》いつけだもんな！」

ドクにせかされ、セトとメリも歩《ある》く足《あし》を速《はや》める。通《とお》りすぎていく3人《にん》の背中《せなか》を、ひとりの老人《ろうじん》がカフェのテラス席《せき》から見送《みおく》っていた。

「……アルマ、じゃと？」

大《おお》きな三角帽子《さんかくぼうし》の下《した》でするどい視線《しせん》をのぞかせながら、老人《ろうじん》がけげんな顔《かお》でつぶやいた。

大通《おおどお》りから見《み》えた『猫《ねこ》の顔《かお》のドーム』……それこそがアルテミスの中心《ちゅうしん》ともいえる場所《ばしょ》――マ

ジェスティック・キャッスルだ。その最上階《さいじょうかい》にある『謁見《えっけん》の間《ま》』にはサーカスのように色《いろ》あざやかなステージがつくられ、おおぜいの観衆《かんしゅう》がつめかけていた。

「レディース・アンド・ジェントルメン！」

どハデな衣装《いしょう》を身《み》にまとった司会者《しかいしゃ》が、手《て》にしたメガホンで観衆《かんしゅう》に呼《よ》びかける。

「よく集《あつ》まってくれた！　さっそくオレたちのリーダーにマイクをゆずるぜ！」

司会者《しかいしゃ》の背後《はいご》にスポットライトがあたり、観衆《かんしゅう》の視線《しせん》がそこに集《あつ》まった。

「このクレイジーな学院《がくいん》の偉大《いだい》なる創設者《そうせつしゃ》！　マスター・ロード・マジェスティ――――ッ!!」

手《て》をあげて大歓声《だいかんせい》にこたえるマスター・ロード・マジェスティ。観衆《かんしゅう》の興奮《こうふん》は最高潮《さいこうちょう》に達《たっ》し

「マジェスティ・コール」がステージをうめつくした。

セトはその様子《ようす》を、観客《かんきゃく》たちの最後方《さいこうほう》からぼうぜんとながめていた。

「あれ？　あいつ、猫《ねこ》……!?」

熱狂《ねっきょう》と歓迎《かんげい》を一身《いっしん》に受《う》けながらステージに立《た》つマジェスティはセトの言《い》うように、二足歩行《にそくほこう》する黄色《きいろ》い〝猫《ねこ》〟だったのである。

「学院《がくいん》の住人諸君《じゅうにんしょくん》！　今日《きょう》また我々《われわれ》の仲間《なかま》が増《ふ》える！　学院《がくいん》の魔法使《まほうつか》いとして、ともに暮《く》らし、ともにミッションをなしとげる仲間《なかま》じゃ！」

マジェスティがステッキを上《うえ》にむけると、歓声《かんせい》がいっそう大《おお》きくなった。

「みなの協力《きょうりょく》があれば、いつの日《ひ》か、我々《われわれ》を苦《くる》しめる呪《のろ》いをとくこともできるであろう！」

「「「イエエエエッ、学院《がくいん》バンザーイ!!」」」

「「「マイロード！　マジェスティ――――ッ!!」」」

「……呪《のろ》いをとく、だって？」

熱狂《ねっきょう》する観客《かんきゃく》たちのなかでぽつりとつぶやいたセトに、メリが笑顔《えがお》で応《おう》じる。

「ええ。それがアルテミスの学院長《がくいんちょう》、マスター・ロード・マジェスティの目的《もくてき》なんですよ」

「へぇ～、あの猫《ねこ》、すごいんだな。……ん？　待《ま》てよ。えーと、なんだっけ？　黄色《きいろ》い猫《ねこ》がどうしたこうしたって、たしかアルマが……」

「……それでは新《しん》入《い》り諸君《しょくん》、ステージに上《あ》がるのじゃ！」

「新入《しんい》りって……ひょっとして、オレもか？」

「きまっとるだろ！　ほれ、さっさと行《い》ってこい！」

ドクがセトの背中《せなか》をおして、強引《ごういん》にステージにいそがせる。セトはほかのふたりの魔法使《まほうつか》いとともに、〝新入《しんい》り〟としてマジェスティの横《よこ》にならばされることになった。

「よくきたのう、新《あら》たな同志《どうし》よ！　さっ、この契約書《けいやくしょ》にサインをしてくれい」

マジェスティが新入《しんい》りたちに、何重《なんじゅう》にも折《お》りたたまれた契約書《けいやくしょ》をわたした。

「ケーヤクショ？　うーん、よくわかんないけど、オレは別《べつ》にいらないかも……」

「アルテミスのメンバーになれば学院《がくいん》のあらゆる施設《しせつ》が利用《りよう》できる。すぐれた魔法使《まほうつか》いの講義《こうぎ》も聞《き》きほうだいじゃぞ。ほれ、いいからいいから！」

ペンを強引《ごういん》におしつけてきたマジェスティにうながされ、セトはしぶしぶサインした。

「よし、全員《ぜんいん》、サインしたな？　契約完了《けいやくかんりょう》じゃ！　新《あら》たな同志《どうし》に盛大《せいだい》な拍手《はくしゅ》を！」

観衆《かんしゅう》にまじって拍手《はくしゅ》を送《おく》りながら、ドクはほっと胸《むね》をなでおろしていた。

（ふう……これであの小僧《こぞう》とはサヨナラだ。平和《へいわ》でおだやかな生活《せいかつ》のためには、あんな奴《やつ》とはさっさと縁《えん》を切《き》るにかぎるからな！）

と、そのとき……折《お》りたたまれていた契約書《けいやくしょ》がパラパラとひろがった。同時《どうじ》に、それまでかくされていた契約書《けいやくしょ》の全文《ぜんぶん》があきらかになる。

「えっ、借用書《しゃくようしょ》!? サイン用《よう》ペン借用代《しゃくようだい》……さ、3000ダイムだってえっ!?」

「それに、インク代《だい》4000ダイム! まだまだあるぞ! なんで俺《おれ》たちがこんな……」

ふたりの新入《しんい》りが大声《おおごえ》で文句《もんく》を言《い》ったが、マジェスティはいっさい気《き》にとめない。

「諸君《しょくん》はこれで学院《がくいん》に多額《たがく》の借金《しゃっきん》ができた! 今後《こんご》はアルテミスのハンターとしてミッションにはげみ、返済《へんさい》してもらうことになっとる!」

「なんだそれ? どういうこと?」

ひとりセトだけが状況《じょうきょう》をわかっていない顔《かお》でマジェスティに聞《き》いた。

「いま、言《い》ったとおりじゃ。借金《しゃっきん》を早《はや》く全額返《ぜんがくかえ》せるようにがんばってくれい! では、これにて第《だい》854回入院式《かいにゅういんしき》は終了《しゅうりょう》じゃ〜っ!!」

そう言《い》うとマジェスティは、魔法《まほう》でつくりだした馬車《ばしゃ》に乗《の》って、さっさと飛《と》んでいってしまった。言葉《ことば》を失《うしな》って立《た》ちつくす新入《しんい》りに、観衆《かんしゅう》のはげまし（ひやかし？）の声《こえ》がとぶ。

「悪《わる》く思《おも》うなよ。これであの小僧《こぞう》は借金《しゃっきん》にてんやわんや、ワシは無事《ぶじ》にオサラバできる……」

「セトの後見人《こうけんにん》のドクというのは、君《きみ》だね？」

肩《かた》をたたかれてふりかえったドクの目《め》の前《まえ》に、契約書《けいやくしょ》がつきつけられた。肩《かた》をたたいたのは、学院《がくいん》の事務《じむ》関係《かんけい》を担当《たんとう》する役人《やくにん》だった。

「私《わたし》は学院《がくいん》の事務《じむ》を担当《たんとう》している者《もの》だ。後見人《こうけんにん》は被後見者《ひこうけんしゃ》、つまり、あの少年《しょうねん》の借金《しゃっきん》の返済責任《へんさいせきにん》を負《お》う規則《きそく》になっている。今後《こんご》は彼《かれ》とともに、返済《へんさい》をがんばってくれたまえ。幸運《こううん》を祈《いの》る」

「う、ウソだろ、おい……」

（い、いったいワシが、いつ小僧《こぞう》の後見人《こうけんにん》に？　それに、借金《しゃっきん》の返済責任《へんさいせきにん》だと!?）

ドクがへなへなと座《すわ》りこんだ。セトとオサラバできるどころか、借金《しゃっきん》がおまけについてきたぶん、状況《じょうきょう》はさらに悪化《あっか》している……！

「あいつ、どこまでワシを苦《くる》しめる気《き》だ……！」

ドクの両目《りょうめ》からぼろぼろと涙《なみだ》がこぼれおちた。

RADIANT

セトとメリ、そしてまだショックから立《た》ちなおれないドクは、おおぜいの人《ひと》が行《い》きかう市街地《しがいち》をならんで歩《ある》いていた。

「……そういえばアルマが言《い》ってたんだっけ。『黄色《きいろ》い猫《ねこ》に気《き》をつけろ』って。なるほどなあ、こういうことだったんだなあ」

「私《わたし》はそういう手《て》つづきとか、ぜ～んぶドクにまかせっきりだったから、すっかり忘《わす》れてました～」

「ま、どうでもいいや。ヤガって人《ひと》からラディアンのことを聞《き》いたら、こんなとこ、とっととでていっちまえば……」

「ダメだあっ！　そんなことされたら、おまえの借金《しゃっきん》をぜーんぶワシが背負《せお》うはめになるわい！」

あわてて口《くち》をはさんだドクだが、セトはちっとも聞《き》いていない。

「よし、さっそくヤガを探《さが》しに行《い》くぞ！」

「私《わたし》も協力《きょうりょく》しますね！」

「こ、こら！　メリまで！　……くっ、こいつら、話《はなし》をちっとも聞《き》いとらん」

こうなったらセトから目《め》をはなさず、しっかり監視《かんし》しつづけるしかなさそうだ。

「……うーん、ヤガを探《さが》すったってどこに行《い》けばいいのかな」

「この街《まち》って、こまかい路地《ろじ》がいりくんでて、すっごくわかりにくいんですよね……」

見《み》まわすとあちこちに行《い》き先表示《さきひょうじ》のプレートがあるが、どれもてきとうな方向《ほうこう》に矢印《やじるし》が書《か》かれているだけで、どこに行《い》けばなにがあるのかさっぱり見当《けんとう》がつかない。

「しょうがない。それじゃあ、とりあえずヤマカンで歩《ある》きまわってみるか！」

やがて3人《にん》は右《みぎ》と左《ひだり》にわかれた三叉路《さんさろ》にさしかかった。

「うーん……なんとなくヤガはこっちにいそうな気《き》がするぞ」

一瞬《いっしゅん》も迷《まよ》うことなく右《みぎ》のほうに歩《ある》きだすセト。

「お、おい！　そんないいかげんにこの街《まち》を歩《ある》いたりしたら……」

ふと見《み》ると、ドクの目《め》の前《まえ》にマジェスティの顔《かお》が描《えが》かれた看板《かんばん》が立《た》っていた。『左《ひだり》：無料道路《むりょうどうろ》／右《みぎ》：有料道路《ゆうりょうどうろ》』と記《しる》されている。ドクの顔色《かおいろ》が真《ま》っ青《さお》を通《とお》りこして、真《ま》っ白《しろ》に変《か》わった。

「ま、また借金《しゃっきん》が増《ふ》えるうううっ!!」


市街地《しがいち》は、『借金加算《しゃっきんかさん》システム』とでも呼《よ》ぶべきおそろしいしかけでいっぱいだった。

川《かわ》にかけられた2本《ほん》の橋《はし》――その一方《いっぽう》にかかげられた料金表《りょうきんひょう》には『利用料《りようりょう》：5000ダイム』と記《しる》されていた。その橋《はし》をわたれば自動的《じどうてき》に、5000ダイムの借金《しゃっきん》が増《ふ》えることになる。道路《どうろ》、橋《はし》、階段《かいだん》、道端《みちばた》におかれたベンチ……などなど、どこに行《い》っても、その手《て》の場所《ばしょ》が無数《むすう》に用意《ようい》されていた。そして、はたしてわざとなのか、それともなにも考《かんが》えていないのか、セトはことごとく『料金《りょうきん》の高《たか》い』ほうを選《えら》びながら、街中《まちじゅう》を歩《ある》きまわっていた……。

「なんで、いちいちカネのかかるほうを選《えら》ぶんだああああっ!!」

街中《まちじゅう》を探《さが》しても、ヤガの居場所《いばしょ》を知《し》ることはできなかった。残《のこ》されたのは疲《つか》れと、そして、もう計算《けいさん》が追《お》いつかないほどに増《ふ》えた借金《しゃっきん》だけだった。

といっても、それはセトだけの責任《せきにん》ではない。立《た》ちよった酒場《さかば》で聞《き》きこみした際《さい》、酔《よ》っぱらいにからまれたメリが、感情《かんじょう》をたかぶらせて〝裏《うら》メリ〟に変身《へんしん》したのである。裏《うら》メリは酒場《さかば》で大暴《おおあば》れして、店《みせ》をめちゃくちゃにしてしまった。弁償代《べんしょうだい》はもちろん借金《しゃっきん》に加算《かさん》される……。

公園《こうえん》に戻《もど》ってきた3人《にん》は、歩《ある》き疲《つか》れた身体《からだ》をベンチにもたれかけていた。特《とく》にドクはもはや息《いき》もたえだえで、しゃべる気力《きりょく》すらなさそうだ。

セトたちのほかにも何人《なんにん》かの住人《じゅうにん》たちがベンチに腰《こし》かけ、思《おも》い思《おも》いに談笑《だんしょう》している。少《すこ》しはなれた場所《ばしょ》に仲《なか》よく座《すわ》っているのは、おそらく若《わか》い夫婦《ふうふ》だろう。仲《なか》むつまじげなふたりの会話《かいわ》がセトとメリにも聞《き》こえてくる……。

「……それにしても、ここにきて最初《さいしょ》はびっくりしたけど、住《す》めば都《みやこ》って本当《ほんとう》だな」

「そうね。外《そと》で暮《く》らしていたころにくらべたら、アルテミスは天国《てんごく》だわ」

妻《つま》と思《おも》われる女性《じょせい》は——妊娠中《にんしんちゅう》なのだろう——ふくらんだ下腹《かふく》をさすりながら、夫《おっと》らしき相手《あいて》にほほえみかけた。

「思《おも》いきってここにきて、よかった……」

その光景《こうけい》をだまって見守《みまも》っていたセトが、やがてぽつりと口《くち》をひらいた。

「……なんていうか、みんな、楽《たの》しそうだな」

「え？」

聞《き》きかえしたメリに、セトが今度《こんど》はもう少《すこ》しはっきりと言葉《ことば》にする。

「ドクは別《べつ》としてここにいる人《ひと》たち、みーんな、なんだか幸《しあわ》せそうに見《み》えるよ」

「ふん、ようやく気《き》づいたか」

ベンチわきの樹《き》の上《うえ》から声《こえ》がしたかと思《おも》うと、だれかがくるりとセトのすぐそばに着地《ちゃくち》した。

「うわっ⁉　いきなりなんだ⁉　あんた、だれだよ？」

「名乗《なの》るほどの者《もの》ではない」

そうこたえたのは、カフェでセトたちを見《み》ていたあの老人《ろうじん》だった。車輪《しゃりん》のついた大《おお》きな黒《くろ》いお
釜《かま》に下半身《かはんしん》をいれ、それを台車《だいしゃ》がわりにしながらセトに近《ちか》づいてくる。

「おぬしたち、ヤガを探《さが》しておるのだろう？」

「えっ！　ヤガがどこにいるのか知《し》ってんの？」

「居場所《いばしょ》を教《おし》えてやらんこともない。じゃが、その前《まえ》に質問《しつもん》がある。おまえさん、この学院《がくいん》をどう思《おも》う？　マジェスティのつくったこの街《まち》を」

「どうって……よくわかんないけど、あの黄色《きいろ》いインチキ猫《ねこ》は気《き》にいらないよ。だって、みんなからカネをだましとってるんだろ？　よくわかんないけどさ」

「そこじゃ。奴《やつ》がいったいなんのためにカネを集《あつ》めておると思《おも》う？」

「なにをもったいぶってるんだよ？　ヤガの居場所《いばしょ》となんの関係《かんけい》が――」

セトがじれったそうに口《くち》をとがらせたとき、サイレンの音《おと》が高《たか》らかにひびきわたった。どハデな色《いろ》のついた信号弾《しんごうだん》が何発《なんぱつ》も空《そら》にむかって打《う》ちあげられるのも見《み》えた。

「ああっ!?　いまのって、臨戦態勢《りんせんたいせい》を知《し》らせる警告《けいこく》のはずですよ！」

顔色《かおいろ》を変《か》えるメリ。ぐったりして会話《かいわ》に加《くわ》わっていなかったドクも、あわてて立《た》ちあがった。

「リンセンタイセー？　敵《てき》がきたってことか？」

はっとして顔《かお》を上《あ》げるセト。

「そ、それって、まさか……異端審問官《いたんしんもんかん》かっ！」

「ふむ、ちょうどよかった。見《み》ているがいい……これから起《お》こることをな」

老人《ろうじん》はおちつきはらった態度《たいど》をくずさないまま、静《しず》かにそう告《つ》げるのだった。

アルテミスをやや遠《とお》くにうかがう空域《くういき》に、異端審問所《いたんしんもんじょ》の巡視船《じゅんしせん》が停泊《ていはく》していた。セトたちをつかまえたあの船《ふね》である。艦橋《かんきょう》に立《た》った副長《ふくちょう》が、前方《ぜんぽう》のアルテミスをきびしい目《め》でにらみつけている。

「隊長《たいちょう》はああ言《い》っておられたが、このまま見《み》すごすわけにはいかん……！」

「し、しかし、ドラグノフ隊長《たいちょう》のご判断《はんだん》を待《ま》ったほうが……」

そばにひかえていた部下《ぶか》が、心配《しんぱい》そうに言《い》った。

「隊長《たいちょう》のお手《て》をわずらわせるまでもない。あのツノのはえた小僧《こぞう》の引《ひ》きわたしを要求《ようきゅう》するのだ。もしも拒《こば》むようなら……ふん、しょせんは魔法使《まほうつか》いどものかくれがだ。一網打尽《いちもうだじん》にしてくれるわ」

「あ、あれを、見《み》てください！」

部下《ぶか》がおどろいた顔《かお》で前方《ぜんぽう》を指《ゆび》さした。つられてそちらを見《み》た副長《ふくちょう》の視界《しかい》に信《しん》じられない光景《こうけい》が映《うつ》しだされる。箒《ほうき》にまたがった無数《むすう》の魔法使《まほうつか》いが隊列《たいれつ》を組《く》み、攻撃態勢《こうげきたいせい》をとっている！

あれだけの数《かず》の魔法使《まほうつか》いと一戦《いっせん》まじえるのは、この巡視船《じゅんしせん》でもかんたんではない。対応《たいおう》に困《こま》った副長《ふくちょう》のもとへ、別《べつ》の部下《ぶか》がかけよってきた。

「本国《ほんごく》より打電《だでん》です！『あらゆる任務《にんむ》を中断《ちゅうだん》し、現空域《げんくういき》から即刻退去《そっこくたいきょ》せよ』……とのこと！」

「……やっぱり圧力《あつりょく》をかけてきたか」

いつのまにあらわれたのか、隊長《たいちょう》のドラグノフが副長《ふくちょう》の横《よこ》からひょいと顔《かお》をだした。

「圧力《あつりょく》？　ま、まさか――」

「そのまさかさ。国家《こっか》に対《たい》する影響力《えいきょうりょく》を持《も》っているのは、俺《おれ》たちだけじゃない。マスター・ロード・マジェスティ……いったいどれだけのカネをばらまいたのやら」

あきれたように肩《かた》をすくめて、ドラグノフが言葉《ことば》をつづける。

「それに、あそこには『13人《にん》の魔法使《まほうつか》い団《だん》』もいる。全員《ぜんいん》、一騎当千《いっきとうせん》のくせ者《もの》ぞろいだよ。武力《ぶりょく》に政治力《せいじりょく》……あの学院《がくいん》とやりあうのは、一国《いっこく》と戦争《せんそう》するのと同《おな》じさ」

そう言《い》って笑《わら》うドラグノフだが、その目《め》は笑《わら》っていなかった。

「やりたくないでしょ、戦争《せんそう》？　それじゃあ撤退《てったい》だ、諸君《しょくん》。本部《ほんぶ》に戻《もど》るよ」

ドラグノフは全員《ぜんいん》に命《めい》じると、前方《ぜんぽう》のアルテミスのほうにくるりと背《せ》をむけた。

「……しかし、気《き》になるな、あの小僧《こぞう》」

眼帯《がんたい》を片手《かたて》でおさえながら、ドラグノフがつぶやいた。

「ツノのある魔法使《まほうつか》い、か。トルク様《さま》に知《し》らせねば……」

マジェスティック・キャッスル最上階《さいじょうかい》では、マスター・ロード・マジェスティが巨大《きょだい》な玉座《ぎょくざ》の上《うえ》に寝《ね》ころがっていた。その横《よこ》には、入院式《にゅういんしき》の司会《しかい》をつとめていた男《おとこ》の姿《すがた》もある。
「……撤退《てったい》していくようです。戦力動員費《せんりょくどういんひ》に、外交費《がいこうひ》。たくわえた資金《しきん》の使《つか》いどころですね」
「なにそれ？　ワシは知《し》らんもんね。うるさい虫《むし》がたかってくるので追《お》っぱらっただけじゃよ」
とぼけた口調《くちょう》でしらばっくれると、マジェスティは手《て》にしたグラスの飲《の》み物《もの》をうまそうにひとくち飲《の》んでみせた。すっかりリラックスしているらしい。司会《しかい》の男《おとこ》もすべて心得《こころえ》ているのか、それ以上《いじょう》はなにも言《い》おうとしなかった……。

巡視船《じゅんしせん》をむかえうつために出撃《しゅつげき》していた魔法使《まほうつか》いたちが、次々《つぎつぎ》に戻《もど》ってきた。公園《こうえん》で空《そら》を見《み》あげていたセトたちの頭上《ずじょう》を、無数《むすう》の箒《ほうき》が通《とお》りすぎていく。

「すっげえ……異端審問官《いたんしんもんかん》を追《お》いかえしちまった！」

「わかったか？　これがアルテミス学院《がくいん》の力《ちから》じゃ。しいたげられ、行《い》き場《ば》をなくした魔法使《まほうつか》いたちを保護《ほご》する最後《さいご》の聖域《せいいき》……。マジェスティはあらゆる手《て》をつくして魔法使《まほうつか》いを守《まも》っておるのだ」

「ただの黄色《きいろ》い猫《ねこ》じゃなかったんだな……」

「さて、おぬし。ヤガに会《あ》ってなんとする？　なんのために強《つよ》さを求《もと》める？」

手《て》にした箒《ほうき》の先《さき》をセトにむけながら、老人《ろうじん》が真剣《しんけん》な口調《くちょう》で問《と》いかけた。

「きまってる。ラディアンを探《さが》して、ネメシスをぶっつぶすためだ！」

老人《ろうじん》はふんと鼻《はな》を鳴《な》らした。

「夢物語《ゆめものがたり》じゃな。そんなことよりも、もっと現実的《げんじつてき》な方法《ほうほう》で魔法使《まほうつか》いを救《すく》う道《みち》だってあるのだぞ？」

セトから市街地《しがいち》のほうに視線《しせん》をうつしながら、老人《ろうじん》が言葉《ことば》をつづける。

「それこそが、この学院《がくいん》じゃ。見《み》たじゃろう？　差別《さべつ》の目《め》も、異端審問所《いたんしんもんじょ》の手《て》も、ここまではとどかぬ……。実在《じつざい》するかどうかもわからんラディアンを求《もと》めるより、さっきの魔法使《まほうつか》いたちのようにここを守《まも》ればよいのではないか？」

「……たしかに、ここには仕事《しごと》もあって、なに不自由《ふじゆう》なく暮《く》らせますね」

言葉《ことば》につまるセトにかわって、メリがそうつぶやいた。

「どうだ？」

老人《ろうじん》の問《と》いかけを、セトはだまってかみしめていた。

（このじいさんの言《い》うことも、わからないわけじゃない。でも……やっぱり、オレは……）

セトは意《い》を決《けっ》したまなざしを、まっすぐ老人《ろうじん》へとむけた。

「メリやあんたの言《い》うように、ここでずっと暮《く》らすのもいいかもしれない。でも、考《かんが》えてみたらさ、ここにこられない魔法使《まほうつか》いだっているはずだろ？」

老人《ろうじん》の片《かた》まゆがぴくりと上《あ》がった。

「オレ、やっぱりラディアンに行《い》く！　そういう奴《やつ》らも助《たす》けるためには、この世界《せかい》をもとから変《か》えなきゃダメなんじゃないか？　だから……！」

「ほお……。おぬしごときが世界《せかい》を変《か》えられるというのか？」

「やってみなくちゃわかんないだろ！　だれもやらないなら、オレがやる。オレが変《か》えてやる！」

セトの口調《くちょう》にも、表情《ひょうじょう》にも、迷《まよ》いはみじんも見《み》られなかった。老人《ろうじん》はしばらくセトの顔《かお》を見《み》つめてから、やがてぼそりと口《くち》をひらいた。

「……ガンコそうなところは、アルマにそっくりじゃの。ま、いいじゃろう。ついてこい」

セトの返事《へんじ》も待《ま》たず、すたすたと歩《ある》きだす老人《ろうじん》。

「ヤガのところに案内《あんない》してくれるのか？」

「まだ気《き》づかんのか、ばか者《もの》。このワシが、ヤガじゃ。『13人《にん》の魔法使《まほうつか》い団《だん》』のひとりじゃよ」

おどろいて固《かた》まったセトに、ヤガが改《あらた》めてむきなおる。

「……それで、おぬしは何者《なにもの》じゃ？　アルマを知《し》っているようじゃが」

「あ、ああ、オレはセト。アルマの弟子《でし》だ。ここであんたに会《あ》えって言《い》われてきた。あんた、最強《さいきょう》の魔法使《まほうつか》いのひとりなんだって？　アルマが言《い》ってたぞ、ラディアンがどこにあるのか、ヤガならなにか知《し》ってるかもしれないって！」

「また、ラディアンか……」

ヤガの表情《ひょうじょう》にどこか困《こま》ったような色《いろ》が浮《う》かびあがる。

「さっきも言《い》っておったな。おぬし、本気《ほんき》でラディアンをめざすつもりなのか？」

「もちろん！　オレの手《て》でラディアンをぶっつぶしてやるんだから！」

「……ふん、まあいいわい。アルマの弟子《でし》だろうとなんだろうと、ワシは力《ちから》のない者《もの》にはなにも授《さず》けん。ワシの教《おし》えを受《う》けたければ、それに見《み》あうだけの力《ちから》を見《み》せてみるんじゃな」

「なんでだよ！　オレは一刻《いっこく》も早《はや》くラディアンに――」

「くどいぞ！　ワシの意見《いけん》は変《か》わらん。おぬしの望《のぞ》みをかなえたければ、行動《こうどう》でしめすがよい！」

それだけ言《い》うと、ヤガはだまって顔《かお》をそむけてしまった。問答無用《もんどうむよう》ということらしい。

「……よーし！　そこまで言《い》うなら、オレの力《ちから》を見《み》せてやるからな！」

セトがいきおいよく腕《うで》をまわしながら、近《ちか》くにあった大《おお》きな岩《いわ》に歩《あゆ》みよった。腰《こし》を落《お》として身《み》がまえるセト。にぎりしめた拳《こぶし》にファンタジアが集《あつ》まってくる。

「行《い》くぞっ、**タイタン・パーンチッ!!**」

セトが大岩《おおいわ》に鉄拳《てっけん》をたたきこんだ。岩《いわ》の一部《ぶ》が大《おお》きくくだけ、破片《はへん》が周囲《しゅうい》にとびちった。

「うわっ!?」

悲鳴《ひめい》をあげて破片《はへん》から顔《かお》をそむけたドクの横《よこ》で、メリが感嘆《かんたん》の声《こえ》をあげる。

「すごいです、セト！　あんな大《おお》きな岩《いわ》を！」

どうだとばかりに胸《むね》をはったセトに、ヤガのどなり声《ごえ》がとぶ。

「なんじゃ、それは!?　いま、おぬしが見《み》せたのは、ファンタジアをまとわせただけの、ただのパンチじゃっ！　こんなもん、魔法《まほう》とは呼《よ》べんわ！」

セトを一喝《いっかつ》したヤガが、あきれ顔《がお》のまま一歩《いっぽ》、前《まえ》にでた。

「メテオール・ドロップス!!」

ヤガが箒《ほうき》をふるうと同時《どうじ》に、セトたちにむかって魔法《まほう》の光弾《こうだん》が放《はな》たれた。

とっさにリパルスを使《つか》ったメリがなんとか光弾《こうだん》をふせぐが、その効果《こうか》の外《そと》にいたドクだけがあえなくはじきとばされてしまった。

「**ぬわああっ！　なんでワシだけ!!**」

「これは攻撃魔法《こうげきまほう》の初歩《しょほ》の初歩《しょほ》じゃ。こんな魔法《まほう》すら使《つか》いこなせん者《もの》に、ワシの教《おし》えを受《う》ける資《し》格《かく》などないわ！　出直《でなお》すがいい、未熟者《みじゅくもの》め！」

冷《つめ》たい声《こえ》でそう告《つ》げると、ヤガはセトの顔《かお》に箒《ほうき》をつきつけるのだった……。

RADIANT

アルテミスの住宅街《じゅうたくがい》は、いつもと変《か》わらぬ、おだやかな朝《あさ》をむかえていた。メリが暮《く》らすアパートも、その一角《いっかく》にある。

「おはようございます、グデュール！　それにガルトルード！」

食卓《しょくたく》にむかって声《こえ》をかけるメリ。そこに〝人間《にんげん》〟の姿《すがた》はない。テーブルについているのは等身《とうしん》大《だい》の段《だん》ボール人形《にんぎょう》が2体《たい》……。あえて「生《い》きている」者《もの》を探《さが》すなら、卓上《たくじょう》の小《ちい》さなベッドで眠《ねむ》るミスター・ボブリーだけである。

メリには友達《ともだち》がいなかった。アルテミスにきて以来《いらい》、何人《なんにん》かと親《した》しくなりかけはしたが、彼女《かのじょ》のもうひとつの姿《すがた》＝〝裏《うら》メリ〟の存在《そんざい》を知《し》ると、だれもがそれ以上《いじょう》、距離《きょり》をつめようとしてくれなかったのだ。グデュールとガルトルードと名《な》づけた2体《たい》の人形《にんぎょう》は、メリにとって大切《たいせつ》な〝友《とも》達《だち》〟がわりだった……。

メリが朝食《ちょうしょく》のしたくにかかろうとしたとき、通《とお》りに面《めん》した窓《まど》からいきなりだれかがとびこんで

きた。こんな非常識《ひじょうしき》な訪問《ほうもん》のしかたをするのは、もちろんセトだけである。

セトが乱入《らんにゅう》したいきおいで、寝《ね》ていたボブリーははね起《お》きて、2体《たい》の人形《にんぎょう》は吹《ふ》きとばされた。

「きゃーっ、グデュール!? い、いったいどうしたんです、セト!?」

「メリ、たのみがあるんだ！ オレに魔法《まほう》を教《おし》えてくれ！」

「いきなり魔法《まほう》を教《おし》えろだなんて……あっ、ひょっとして……昨日《きのう》、ヤガから言《い》われたことを、気《き》にしてるとか？」

「ああ、そのとおりさ！」

目《め》の前《まえ》のイスに勝手《かって》に腰《こし》をおろしながら、セトがうなずいた。

「最初《さいしょ》に会《あ》ったとき、すげえ攻撃魔法《こうげきまほう》を使《つか》ってただろ？ あれをオレに教《おし》えてくれよ！」

「ごめんなさい、セト。私《わたし》をたよってくれるのはうれしいんですけど……。ええ、本当《ほんとう》に、本当《ほんとう》に、ものすっごくうれしいんですけど！ ……でも、できないんです。ほら？ 船《ふね》の上《うえ》で私《わたし》、人格《じんかく》が変《か》わったでしょう？ あのときにも言《い》いましたが、ふだんの私《わたし》は、攻撃魔法《こうげきまほう》が苦手《にがて》なんですよ。防御魔法《ぼうぎょまほう》なら得意《とくい》なんですけど」

「そっかあ……。うーん、だったら、ほら！ ファンタジアの集《あつ》め方《かた》を教《おし》えてくんない？」

メリが首《くび》をかしげながら、自分《じぶん》の両腕《りょううで》をひろげてみせる。

「そうですねえ……この辺《へん》でわあってなってるファンタジアを、ひろげた手《て》でぎゅーってする感《かん》じっていうか……」

「……ごめん。悪《わる》いけど、ちっともわからん」

「ブッ、ピュイイ……」

そばで見《み》ていたボブリーも、あきれたような声《こえ》をもらした。

「……ごめんなさい、セト。私《わたし》、役《やく》に立《た》たなくて……。でも、かわりにいい考《かんが》えがあります！　私《わたし》についてきてください！」

RADIANT

ここはアルテミスの商店街《しょうてんがい》。色《いろ》とりどりの商品《しょうひん》を店先《みせさき》にならべた大小《だいしょう》さまざまな店《みせ》がならぶなかに、『ケトル・コーヒー』という看板《かんばん》をかかげた1軒《けん》のオープンカフェがある。

そのテラス席《せき》に、ドクがひとりで座《すわ》っていた。真《ま》っ赤《か》なバラを一輪《りん》、手《て》にして、さっきからなにやらひとりごとを口《くち》にしつづけている。

「……『おお、麗《うるわ》しのバラの人《ひと》！　どうか我《わ》が愛《あい》を受《う》けとりたまえ！』……ようし、やっぱりこ

れだな。うん、今日《きょう》こそイケる！」

その背中《せなか》をぽんぽんとたたく者《もの》がいた。おどろいたドクが、イスからはねあがってふりかえる。

「うわあっ、あ、あの……これ、どうぞ！」

手《て》にしたバラを反射的《はんしゃてき》にさしだすドク。そこに立《た》っていたのはメリだった。セトの手《て》を引《ひ》いて、にこにこ笑《わら》っている。

「まあ、きれい！　これ、私《わたし》にくれるんですか？」

気《き》づいたドクが、メリからあわててバラをとりかえした。

「メリじゃないか！　おまけにセトまで！　なんでおまえにバラなど！　これは愛《いと》しの……」

「いらっしゃいませ。……あら、ドク、それにメリも！」

店《みせ》のなかからでてきたのは、つぶらな瞳《ひとみ》にメガネをかけた、エプロン姿《すがた》の若《わか》い女性《じょせい》だった。ケトル・コーヒーの看板娘《かんばんむすめ》、ミス・メルバである。ここだけの話《はなし》、ドクの想《おも》い人《びと》だ。

「み、ミス・メルバ！　お、お、おはようございます、ははは……！」

メルバの顔《かお》をひとめ見《み》ただけで、ドクの顔《かお》がバラよりも真《ま》っ赤《か》になった。

「……あら？　そちらの男《おとこ》の子《こ》は？　初《はじ》めましてよね～？」

「オレはセト！　未来《みらい》の大魔法使《だいまほうつか》いだ！」

「まあ！　うふふ。私《わたし》はこのカフェの娘《むすめ》、メルバよ。よろしくね、セト」

かたわらではドクが、うっとりした顔《かお》でメルバを見《み》つめていた。

（ああ、ミス・メルバ！　今日《きょう》も美《うつく》しい。コハク色《いろ》の瞳《ひとみ》は、さながら楽園《らくえん》に咲《さ》くチョコのようだ！）

と、そのとき……メルバのわきからあらわれた〝ぬいぐるみ〟の人形《にんぎょう》のようなものがいきなりドクの頭《あたま》をなぐりつけた。

「こらっ！　鼻《はな》の下《した》をのばしてワシの娘《むすめ》を見《み》るんじゃない！」

ぬいぐるみにしか見《み》えないこの人物《じんぶつ》こそが、メルバの父親《ちちおや》にして、このカフェのオーナーをつとめる、ミスター・メルバ・パパなのである。

「ふん！　おおかた娘《むすめ》にちょっかいだそうと考《かんが》えていたんだろう！　この、悪《わる》い虫《むし》め！」

メルバ・パパがドクの頭《あたま》をポカポカと何度《なんど》もたたいた。

セトがあっけにとられながら、となりのメリにたずねる。

「なあ、あの人形《にんぎょう》がメルバのパパなのか？」

「ええ。娘《むすめ》さん思《おも》いで、料理上手《りょうりじょうず》の、とってもすてきなお父《とう》さんなんですよ」

「パパ！　もう！　お客《きゃく》さんに失礼《しつれい》でしょう！」

メルバがようやく止《と》めたとき、ドクはぼろぼろになってテーブルにつっぷしていた。

「メリもセトも、ごめんなさい。父《ちち》は興奮《こうふん》すると手《て》がつけられなくて……」

「ドクならだいじょうぶですよ。いつものことですし」

「うう、他人事《ひとごと》だと思《おも》って！　……ところでメリ、こんなところまでセトを引《ひ》っぱってきて、いったいワシになんの用《よう》だ？」

「そうそう、それ！　ほら？　昨日《きのう》、ヤガから……」

「……ふうん、あのジジイに弟子入《でしい》りするために、攻撃魔法《こうげきまほう》をねえ」

メリから事情《じじょう》を説明《せつめい》されたドクが、気《き》のない声《こえ》でそう言《い》った。

「私《わたし》も協力《きょうりょく》したいんですけど無理《むり》ですし……。ドクならいちおうネメシスの研究者《けんきゅうしゃ》でしょう？

効果的《こうかてき》な勉強法《べんきょうほう》を知《し》ってるかなと思《おも》って！」

持《も》っていたカップを、ドクがテーブルにたたきつけるようにおいた。

「よくもまあ！　このワシに、協力《きょうりょく》してくれなどと言《い》えたもんだ！　いままでおまえらがしでかした悪行《あくぎょう》の数々《かずかず》を忘《わす》れたのか！」

はきすてたドクが、カバンのなかから借用書《しゃくようしょ》の束《たば》をとりだしてみせる。

「見《み》ろ、この借金《しゃっきん》の山《やま》を！　おかげでワシは胃《い》が痛《いた》くて夜《よる》も眠《ねむ》れんのだぞ！」

「まあ、すてき！」

そばで聞《き》いていたメルバが、感心《かんしん》したように声《こえ》をあげた。

「困《こま》っている人《ひと》を見捨《みす》てないやさしさ、それに魔法《まほう》についての深《ふか》い知識《ちしき》……ドクったら、まるで伝説《でんせつ》にでてくる賢者様《けんじゃさま》のようだわ！　尊敬《そんけい》しちゃう！」

「と、とうぜんですとも！　アルテミスひろしといえど、ワシほど慈悲深《じひぶか》い研究者《けんきゅうしゃ》はおらんでしょう！」

「たのもしいわ〜！　それじゃあ私《わたし》もドクとセトを応援《おうえん》しないとね！　ふふっ、スペシャル・ハーブティーをごちそうしちゃう！」

すかさずティーポットを用意《ようい》したメルバが、３人分《にんぶん》のお茶《ちゃ》をいれる。

「わあ、きれいな色《いろ》ですね～」

「いただきまーす！」

喜《よろこ》んでカップを手《て》にしたメリとセトを横目《よこめ》に、ドクだけが悲壮感《ひそうかん》いっぱいの表情《ひょうじょう》になる。

「う、うう、ミス・メルバのスペシャル・ハーブティー……これだけは……！」

カップのお茶《ちゃ》をひとくち飲《の》んだメリとセトが、すぐさまそれをいきおいよく吹《ふ》きだした。

「ぶはっ！　なんだこれ!?」

「ごほっ！　ごほっ！　……ミス・メルバ……これはまた、ずいぶんと個性的《こせいてき》な……」

「私《わたし》のお手製《てせい》ハーブティー。新作《しんさく》の『ローストビーフ味《あじ》』よ。うふふ、お口《くち》にあったかしら？」

ドクががたがたとふるえながら、メルバに笑顔《えがお》をむける。

（ま、まずいっ！　生《なま》ぐさいっ！　舌《した》が死《し》ぬっ！　……こ、これさえなければ天使《てんし》なのに！）

「と、とっても……お、お、おいしいですぞ」

「元気《げんき》をだすにはやっぱりお肉《にく》よね！　おかわりはまだたくさんあるわよ～」

メルバがポットをさしだそうとしたとき、ドクはすでに立《た》ちあがっていた。

「あ、あはは……！　何杯《なんばい》でもいただきたいところですが、あいにく、この小僧《こぞう》が一刻《いっこく》も早《はや》く特《とっ》訓《くん》を始《はじ》めたいと申《もう》しておりまして！　ほら、ふたりとも！　行《い》くぞ！」

席《せき》を立《た》ったドクが、セトのえり首《くび》をぐいっとつかみあげる。

「で、では、ミス・メルバ、残念《ざんねん》ですが、これで！」

「ドク！　首《くび》っ、首《くび》がしまる!!」

走《はし》りだしたドクとセトを、メリがあわてて追《お》いかけていく。

「あっ、ふたりとも、待《ま》ってくださーい！」

ケトル・コーヒーの近《ちか》くにある公園《こうえん》で、セト、メリ、そしてドクが車座《くるまざ》になっていた。

「なあ、ドク、早《はや》く特訓《とっくん》しようぜ！」

「ふん！　ミス・メルバにああ言《い》ってしまった手前《てまえ》、特訓《とっくん》にはつきあってやるが、ワシは魔法使《まほうつか》いじゃないからな。魔導書《まどうしょ》を読《よ》んでやるくらいしかできんぞ？」

「それでいいよ！　とにかくメテオール・ドロップスの使《つか》い方《かた》を教《おし》えてくれ！」

魔導書《まどうしょ》をひらいたドクが、そのページを読《よ》みあげる。

「メテオール・ドロップスだな？　えーと、まず、目《め》を閉《と》じる」

言《い》われたとおりに目《め》を閉《と》じるセト。

「……そして、大《おお》きく息《いき》を吸《す》う。つづいて身体《からだ》のなかの不純物《ふじゅんぶつ》をだしきるように、息《いき》をはく」

「すうー、はあー……」

セトがドクから言《い》われるままに、息《いき》を吸《す》って、はいた。

「すべてをだしきって、無《む》になったなら……」

RADIANT

数時間後《すうじかんご》……。セト、メリ、ドクの3人《にん》はふたたびケトル・コーヒーのテラス席《せき》にいた。ドクの全身《ぜんしん》には包帯《ほうたい》がぐるぐるまきになっている。

「くっ、なんでワシがこんな目《め》に！」

ドクの読《よ》みあげる魔導書《まどうしょ》にしたがって、何度《なんど》も何度《なんど》も挑戦《ちょうせん》してみたものの、結局《けっきょく》セトにはメテオール・ドロップスを発動《はつどう》させることができなかった。それどころか最後《さいご》には、ファンタジアをコントロールできずに暴発《ぼうはつ》させ、まきこまれたドクを吹《ふ》っとばしてしまったのである。

「ワシはもう、おまえの特訓《とっくん》にはつきあわんからな！」

「でも、そうすると、もう魔法《まほう》を教《おし》えてくれる人《ひと》が……」

「そんなのワシの知《し》ったことか！」

ドクのセリフを耳《みみ》にしたメリが、悲《かな》しげな顔《かお》で目《め》を伏《ふ》せた。

（ドク……今度《こんど》ばかりは本気《ほんき》で怒《おこ》っちゃってますね。このままじゃセトの修業《しゅぎょう》ができない……！）

メリは無力感《むりょくかん》でいっぱいだった。セトのためになにもしてあげられない自分《じぶん》がくやしくてたまらない。その悲《かな》しさとくやしさが、メリの心《こころ》にすさまじいストレスをもたらして、そして──

メリが、ゆっくりと顔《かお》を上《あ》げた……。

「オレ、どうして魔法《まほう》がうまく使《つか》えないのかな？」

「ふん！　才能《さいのう》がないからだろう」

「なんだと、ドク!!」

「……そのこたえ、私《わたし》が教《おし》えてやろうか？」

セトとドクのあいだにメリが割《わ》ってはいった。その声《こえ》も口調《くちょう》も〝ふだん〟のメリのものではない。そこにいたのは、するどい目《め》つきでふたりをにらみつける、あの〝裏《うら》メリ〟だった！

裏《うら》メリのかまえた魔法《まほう》の杖《つえ》に、みるみるファンタジアが集《あつ》められていく。

「い、いかん！」

気《き》づいたドクが叫《さけ》んだときにはもうおそかった。裏《うら》メリの杖《つえ》がまばゆく光《ひか》ったかと思《おも》うと、攻《こう》撃魔法《げきまほう》がセトのほおをかすめていった。

ドクがとっさにミス・メルバをかばう。そのすぐそばに攻撃《こうげき》があたって、あわれドクだけが大《おお》きく吹《ふ》きとばされてしまった。

「ぬわあああっ！　またしてもワシだけえええっ!!」

「メリ、おまえ、どういうつもりだよ！」

「うるせえっ！」

裏《うら》メリがセトをどなりつけた。

「特訓《とっくん》？　あまいんだよ。戦《たたか》う力《ちから》ってのは、死《し》ぬ気《き》になんなきゃ身《み》につかないのさ！」

裏《うら》メリの注意《ちゅうい》がセトにむけられたそのすきに、メルバ父子《おやこ》や店《みせ》の客《きゃく》たちがあわてて避難《ひなん》していく。その場《ば》に残《のこ》されたのは、セトと裏《うら》メリのふたりだけだった。

「メリ、やめろ！　こんなことしたら、店《みせ》がめちゃくちゃになっちまうぞ！」

「ふん！　他人《ひと》の心配《しんぱい》をしてる場合《ばあい》かよ！」

手《て》にした杖《つえ》を高《たか》くふりあげた裏《うら》メリが、〝その魔法《まほう》〟の名《な》を唱《とな》えた。

「メテオール・ドロップス！」

杖《つえ》から無数《むすう》の光弾《こうだん》が放《はな》たれるのを見《み》て、セトはいそいで身《み》をかくした。光弾《こうだん》は店内《てんない》のあちこちにぶつかって、壁《かべ》やテーブルをぶちこわしていく。

「メリ、ふざけんな！　いいかげんにしろよ！」

「ふざけてんのはどっちだ？　どうしてやりかえしてこない？」

「メリを攻撃《こうげき》できるわけないだろう！」

セトの言葉《ことば》を聞《き》いた裏《うら》メリが、目《め》を見《み》ひらいて一瞬《いっしゅん》、その動《うご》きを止《と》めた。

「……そ、それがあまいって言《い》ってんだよおっ！」

裏《うら》メリはすぐにまた杖《つえ》をふりかざし、さらに強力《きょうりょく》な攻撃魔法《こうげきまほう》を発動《はつどう》させた！　壁《かべ》といっしょに吹《ふ》きとばされたセトの身体《からだ》がガレキの山《やま》にうもれる。

「ちっ。戦士《せんし》の覚悟《かくご》もなってないアンタを見《み》てると、はきけがしてくるわ……」

店内《てんない》を見《み》まわした裏《うら》メリは、無事《ぶじ》だったイスを見《み》つけて腰《こし》をおろした。やがて立《た》ちこめていた土煙《つちけむり》が晴《は》れて、ガレキのなかからセトがはいだしてくる。

「痛《い》つつつ……。なんだよ、メリの奴《やつ》！　本気《ほんき》でやりやがって！　……あ!?」

苦《くる》しげに顔《かお》を上《あ》げたセトの視線《しせん》が、裏《うら》メリの頭上《ずじょう》にむけられた。彼女《かのじょ》が座《すわ》るちょうどその真上《まうえ》のアーチが、いまにもバラバラにくずれ落《お》ちそうだ！

「メリ、あぶないっ!!」

叫《さけ》んだセトがかけだそうとしたとき、アーチが音《おと》を立《た》ててくずれ落《お》ちてきた！

「タイタン・パ……い、いや、パンチじゃまにあわない！　くっ……いちかばちかだっ！」

セトは覚悟《かくご》をきめてまぶたを閉《と》じた。胸《むね》いっぱいに息《いき》を吸《す》いこみ、そのすべてをまたはきだす。

「たのむぞ！　**メテオール・ドロップス!!**」

セトが叫《さけ》ぶと同時《どうじ》に、右《みぎ》の拳《こぶし》からまばゆい魔法《まほう》の光弾《こうだん》が発射《はっしゃ》された!!

ズゴゴゴゴゴ……!!!!

アーチが裏《うら》メリを直撃《ちょくげき》する寸前《すんぜん》、セトの光弾《こうだん》がそれを跡形《あとかた》もなく吹《ふ》きとばしていた。

「えっ……!?」

「やった、やったぞ！　なあ、メリ！　見《み》てただろ、オレのメテオール・ドロップス‼」

あっけにとられてセトを見《み》つめていた裏《うら》メリが、やがて気《き》まずそうに顔《かお》をそむけた。

「……ふん、やるじゃない」

つぶやいてから目《め》を閉《と》じる裏《うら》メリ。次《つぎ》にまぶたがひらかれたとき、そこにいたのは〝裏《うら》〟ではなく、〝ふだん〟のメリその人《ひと》だった。

「おっ、メリ！　よかった、もとに戻《もど》ったんだな！」

「……そ、その、ごめんなさい。いきなり魔《ま》法《ほう》で攻《こう》撃《げき》したりして……。私《わたし》のせいでミス・メルバのお店《みせ》、こんなになっちゃいましたし」

メリの言《い》うように、店《てん》内《ない》はおろか店《みせ》の外《そと》の通《とお》りにいたるまで、裏《うら》メリの大《おお》暴《あば》れのあとが生《なま》々《なま》しく残《のこ》されている。

「本《ほん》当《とう》にごめんなさい。あきれられても、きらわれても、おかしくありません」

「こんなことでメリをきらいになったりしねえよ！」

セトが満《まん》面《めん》の笑《え》みでそう言《い》った。

「それよりも、サンキューな！　メリのおかげでメテオール・ドロップスが使《つか》えたぜ！」

セトにお礼《れい》を言《い》われて、メリもようやくほほえんだ。

「こんな私《わたし》でも、役《やく》に立《た》てたのなら、うれしいです」

「ホントにありがとう！　メリはサイコーの友達《ともだち》だよ！」

「……ともだち……」

セトに言《い》われたその言葉《ことば》をかみしめるように、メリは静《しず》かにくりかえした……。


メリとわかれたセトは、ヤガのもとをおとずれていた。

ひとけのないあき地《ち》でヤガとむきあい、呼吸《こきゅう》を整《ととの》えながら精神《せいしん》を集中《しゅうちゅう》するセト。やぶれた手袋《てぶくろ》をはめた右手《みぎて》に、ファンタジアが少《すこ》しずつ集《あつ》まってくる……。

「……メテオール・ドロップス!!」

呪文《じゅもん》とともにセトの手《て》から魔法《まほう》の光弾《こうだん》が放《はな》たれた。メリを救《すく》ったときほどの力強《ちからづよ》さこそないが、たしかにそれは攻撃魔法《こうげきまほう》、メテオール・ドロップスにほかならなかった。

「ふん！　たよりないファンタジアじゃったが、まあ、いいじゃろう……」

「やったーっ、これでラディアンに行《い》けるぞ！」

腕《うで》をつきあげガッツポーズをとったセトの頭《あたま》を、ヤガが箒《ほうき》でぽかりとなぐる。

「ばか者《もの》め。……はあ、それにしても、おぬし、本気《ほんき》でなにも知《し》らんのだなあ。まったくアルマの奴《やつ》め、ずぶのしろうとをワシにおしつけおって」

うんざりした顔《かお》で言《い》ってから、ヤガが表情《ひょうじょう》を引《ひ》きしめた。

「よいか？　ラディアンとは禁《きん》じられた地《ち》。これまで世界《せかい》の名《な》だたる魔法使《まほうつか》いたちがめざしてきたが、だれひとりとしてたどりつけなかったといわれる、謎《なぞ》に包《つつ》まれた場所《ばしょ》なのじゃぞ！　おぬしのようなひよっこには、ふみだすことすらできん」

「なっ……？」

「つまりじゃ。ラディアンをめざすためには修業《しゅぎょう》をかさね、一流《いちりゅう》の魔法使《まほうつか》いにならねばならんのだ。……そう、このヤガをこえるほどの大魔法使《だいまほうつか》いにな！」

そう言《い》うとヤガは、セトにむかって箒《ほうき》をつきつけた。

「おぬしがラディアンにむかうというのであれば、『13人《にん》の魔法使《まほうつか》い団《だん》』のひとりである、このワシに弟子入《でしい》りするしかなかろう！」

「わかった！　ようし、いっちょうたのむぜ、ヤガ！」

「うむ……。じゃが、その前《まえ》に――」

とつぜん、ヤガが高《たか》くとびあがった。周囲《しゅうい》のファンタジアが急激《きゅうげき》に渦《うず》をまいて、ヤガの乗《の》ったお釜《かま》に集《あつ》められていく……。

「見《み》るがいい！　オカマ・クラッシュ!!」

気合《きあ》いとともにお釜《かま》から発射《はっしゃ》された魔法《まほう》のビーム攻撃《こうげき》が、地上《ちじょう》のセトにおそいかかった。右手《みぎて》をかざしたセトが、とっさに発動《はつどう》した魔法《まほう》でヤガの攻撃《こうげき》をなんとかガードしてみせる。

「そのか弱《よわ》い手《て》のひらで、おぬしはもっと多《おお》くのものをあやつる必要《ひつよう》があるのう。……いいか、小僧《こぞう》、ワシの修業《しゅぎょう》はきびしいぞ！」

セトの本気《ほんき》の度合《どあ》いをおしはかるかのように、その顔《かお》を見《み》つめるヤガ。その視線《しせん》から目《め》をそらすことなく、セトもまたヤガを見《み》つめかえす。ヤガの瞳《ひとみ》に映《うつ》ったのは、どこまでも前向《まえむ》きなやる気《き》に満《み》ちた、セトの力強《ちからづよ》い笑顔《えがお》だった。

伝説《でんせつ》の地《ち》、ラディアンをめざすセトの長《なが》い長《なが》い旅《たび》がいま、ここにその第一歩《だいいっぽ》をしるしたのだ……。

第《だい》8章《しょう》 手袋《てぶくろ》と予期《よき》せぬ再会《さいかい》

セトとヤガの修業《しゅぎょう》の日々《ひび》は、かたときも休《やす》むことなくつづけられていた。

市街地《しがいち》からはなれた区画《くかく》にある魔法訓練場《まほうくんれんじょう》——ただひろいだけが特徴《とくちょう》の、殺風景《さっぷうけい》なフロアで、セトは連日《れんじつ》、ヤガの猛特訓《もうとっくん》を受《う》けている。

「う、うわあああああっ!!」

逃《に》げまどうセトのすぐうしろで、ヤガの放《はな》ったメテオール・ドロップスが火柱《ひばしら》を上《あ》げた。

「ほれほれ、反撃《はんげき》はどうした、小僧《こぞう》？　逃《に》げまわるだけではラチがあかんぞ！」

「くっ！　**タイタン・パーンチ！**」

ヤガにあおられたセトが、やけくそ気味《ぎみ》にファンタジアをのせたパンチをくりだす。だが、それをはなから見《み》きっていたように、ヤガはいともたやすく身《み》をかわした。

「そんなものか!?　えーい、**オカマ・クラッシュッ!!**」

ヤガの得意《とくい》の攻撃《こうげき》が、ガードした両腕《りょううで》ごとセトをはねとばし、訓練場《くんれんじょう》の柱《はしら》に激突《げきとつ》させた。

「げほっ、げほっ！　くっ……！」

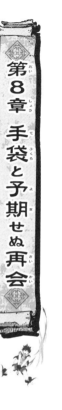

せきこみながら立《た》ちあがったセトが、くやしさいっぱいの目《め》でヤガをにらみつける。

修業《しゅぎょう》をかさねればかさねるほど実感《じっかん》させられるのは、自分《じぶん》の弱《よわ》さ、未熟《みじゅく》さだった。どれだけ修《しゅ》業《ぎょう》すればラディアンに行《い》けるだけの実力《じつりょく》を身《み》につけることができるのだろうか……？

あせりにも似《に》た感情《かんじょう》をむきだしにしながら走《はし》りだしたセトが、ヤガにむかって右手《みぎて》をつきだす。

まだうろ覚《おぼ》えの攻撃魔法《こうげきまほう》をくりだそうと、ファンタジアを集《あつ》めていく……。

セトの手《て》に吸《す》いこまれた大量《たいりょう》のファンタジアが、やぶれた手袋《てぶくろ》からすぐにもれはじめたのに気《き》づいて、ヤガがするどい声《こえ》をあげる。

「ちょっと待《ま》て、セト！」

「うおーっ、**スカル・アターック!!**」

「あ、ばか！」

もれだしたファンタジアが暴走《ぼうそう》し、セトの手袋《てぶくろ》を引《ひ》きさきながらその場《ば》で爆発《ばくはつ》した。

チュドドドドーン!!!!

「うわっ！　熱《あつ》っっっっっ……！　なんなんだよ、いまのは!?」

「……言《い》わんこっちゃないのう」

近《ちか》づいてきたヤガが、あきれたようにため息《いき》をつく。

「うう、アルマからもらった手袋《てぶくろ》なのに……」

「小僧《こぞう》、そのやぶれた手袋《てぶくろ》は没収《ぼっしゅう》じゃ」

「だ、だけど手袋《てぶくろ》なしで魔《ま》法《ほう》を使《つか》ったら、ダメなんだろ？」

「このアルテミス学院《がくいん》でも、そんな目《め》立《だ》つ行動《こうどう》はもちろん許《ゆる》されん。じゃから……」

いったいどこからとりだしたのか、真新《まあたら》しい手袋《てぶくろ》をヤガがセトの手《て》にはめた。

「え？　う、うわっ!?」

はめられた手袋《てぶくろ》のあまりの重《おも》さに、セトの両手《りょうて》がだらりとたれさがる。

「黒銀製《こくぎんせい》の手袋《てぶくろ》じゃ。ほれ、ためしに、なんでもいいから魔《ま》法《ほう》を使《つか》ってみろ」

「よしっ、タイターン……あれ？」

魔《ま》法《ほう》が発動《はつどう》するどころか、ファンタジアが集《あつ》まる気配《けはい》すらしてこない。

「おかしいな……。これならどうだ？　メテオール・ドロ……あれ、やっぱりダメだ！　どんなに気合《きあ》いをいれても、ファンタジアがちっとも集《あつ》まってこない！」

「黒銀《こくぎん》は、ファンタジアを集《あつ》めないようにさせるんじゃよ」

異端審問官《いたんしんもんかん》の船《ふね》につかまったときにも同《おな》じようなことを言《い》われたのを、セトはふと思《おも》いだした。

あの船《ふね》で閉《と》じこめられた檻《おり》も、たしか黒銀製《こくぎんせい》だったはずだ。

「ふ、ふざけんなよ！　こんな手袋《てぶくろ》、いるもんか！」

セトが手袋《てぶくろ》をはずそうとした瞬間《しゅんかん》、手袋《てぶくろ》を中心《ちゅうしん》にして全身《ぜんしん》に電流《でんりゅう》が走《はし》りぬけた！

「うぎゃあああああっ!!」

「あ、言《い》い忘《わす》れるところじゃった。……勝手《かって》にはずしたりせんよう、しかけをしておいたぞ」

「こんなもんをはめてたら修業《しゅぎょう》ができないじゃないか！」

「ふん！　いまのおぬしにワシの教《おし》えを受《う》ける資格《しかく》などないわ」

ヤガが冷《つめ》たく言《い》い放《はな》った。

「さっき、おぬしが見《み》せた魔法《まほう》はなんじゃ！　あんなに乱暴《らんぼう》で雑《ざつ》なファンタジアは見《み》たことがないわ。ただやみくもにファンタジアをかき集《あつ》め、あげくのはてには、魔法使《まほうつか》いにとってもっとも大切《たいせつ》ともいえる手袋《てぶくろ》まで台無《だいな》しにしおって……。これでは教《おし》える気《き》もうせてしまうわい」

納得《なっとく》のいかないセトが、なおもくってかかる。

「だ、だけどファンタジアをたくさん集《あつ》められるのは、力《ちから》が強《つよ》いってことじゃないか！　それのどこが悪《わる》いっていうんだよ!?」

「……力《ちから》ばかりを得《え》たところで、なんの意味《いみ》もないぞ」

「力《ちから》は強《つよ》ければ強《つよ》いほうがいいはずだろ！　だってオレは早《はや》く強《つよ》くなって、ラディアンに行《い》きたいんだから！」

聞《き》く耳《みみ》を持《も》たないセトを見《み》て、ヤガが大《おお》きなため息《いき》をついた。

「力《ちから》を得《え》るのは〝悪《あく》〟ではない。だからといって〝善《ぜん》〟でもないのじゃ。本質《ほんしつ》は別《べつ》にある」

言葉《ことば》を切《き》ったヤガが、セトの瞳《ひとみ》をのぞきこみながら、さらにたずねる。

「のう、セト……。おぬしがめざすものはなんなのじゃ？」

「え？」

こたえられないセトを見《み》て、ヤガがやれやれと首《くび》をふった。

「……こたえられんようでは、いくら修業《しゅぎょう》をかさねたところで意味《いみ》はないわい」

「だ、だって！　いきなりそんなこと、聞《き》かれたって——」

セトの言葉《ことば》をさえぎって、ヤガがきっぱりと告《つ》げた。

「今日《きょう》の修業《しゅぎょう》はここまでじゃ。いまのおぬしは強《つよ》さを追《お》い求《もと》めるあまり、より大事《だいじ》なことを見《み》失《うしな》っておる。おぬしがこたえを見《み》つけるまで、その手袋《てぶくろ》をはずすことはならん」

「も、もしも、はずしたら？」

「きまっておろう……」

ヤガがかっと目《め》を見《み》ひらいた。

「破門《はもん》じゃあっ!!　二度《ど》とワシの前《まえ》に顔《かお》を見《み》せるでないわっ!!」

「……ふ～ん、ヤガにそんなことを？」

ケトル・コーヒーのテラス席《せき》で、セトはメリといっしょにランチをとっていた。

セトはいま、メリのアパートに住《す》まわせてもらっている。公園《こうえん》で野宿《のじゅく》をするのも料金《りょうきん》がかかると聞《き》かされたセトが、メリにたのみこんだのだ。さいわい使《つか》っていない部屋《へや》があったため、メリもそれを喜《よろこ》んで受《う》けいれ、ふたりのルームシェア生活《せいかつ》が始《はじ》まったというわけだ。

「ふん、なんだよ、ヤガの奴《やつ》！」

「あらあら～、セトったらずいぶん怖《こわ》い顔《かお》してるわね～」

「小僧《こぞう》！　ワシのつくったメシは、もっと味《あじ》わって食《く》え！」

テラスにでてきたメルバ父子《おやこ》が、不機嫌《ふきげん》そうなセトに声《こえ》をかけた。

「ご、ごめん。……ヤガの奴《やつ》、わけわかんないことばっか言《い》って、あげくのはては『破門《はもん》じゃあっ!!』なんてぬかしやがるから、つい、イライラしちまって……」

「ふうむ、ヤガか……」

メルバ・パパが、いらつくセトをなだめるようにおだやかな声《こえ》で言《い》った。

「あいつはたしかにくえないガンコじじいじゃが、意味《いみ》のないことは言《い》わんと思《おも》うぞ？」

……と、そのとき、なにやらあわてたドクがテラスにかけこんできた。

「おい、ふたりとも！　のんきにメシなんか食《く》ってる場合《ばあい》じゃないぞ！」

とりだした魔法《まほう》の巻《ま》き物《もの》をひろげながら、ドクがセトとメリに言《い》う。

「マスター・ロード・マジェスティから、呼《よ》びだし状《じょう》がとどいたんだ！」

マジェスティック・キャッスルの最上階《さいじょうかい》、謁見《えっけん》の間《ま》——
真《ま》っ赤《か》なビロードのカーペットが敷《し》きつめられた豪華《ごうか》なフロアに、セトとメリ、そしてドクが居心地悪《いごこちわる》そうにならんでいた。正面《しょうめん》の玉座《ぎょくざ》からはマスター・ロード・マジェスティが、あきれた表情《ひょうじょう》で3人《にん》を見《み》つめている。

彼《かれ》らがここに呼《よ》びだされたのは……あまりにもふくれあがった借金《しゃっきん》のためだった。その金額《きんがく》はまさしく前代未聞《ぜんだいみもん》、アルテミス学院《がくいん》の歴史上《れきしじょう》ダントツの1位《い》になっていたのである。

「……ワシはな、このアルテミスで暮《く》らす者《もの》たちを我《わ》が子《こ》のように思《おも》っておる。じゃが、さすがのやさしいパパも、おぬしたちをもうこれ以上《いじょう》はかばいきれんのじゃよ。このまま借金《しゃっきん》がかさんでいけば……追放《ついほう》……なんて可能性《かのうせい》もあったりするかもなあ」

「そ、そんなの困《こま》ります！」

「そうだよ！　いったいどうすれば追放《ついほう》されずにすむんだ⁉」

「むろんいますぐ借金《しゃっきん》を返《かえ》してもらうのが一番《ばん》じゃが……無理《むり》なんじゃろう？」

3人《にん》そろってうなずくのを見《み》て、マジェスティがにやりと笑《わら》った……。

アルテミス学院《がくいん》の広大《こうだい》な外壁《がいへき》にしがみついたセトが、ふき掃除《そうじ》にはげんでいた。これこそがマジェスティに提示《ていじ》された、追放《ついほう》をまぬがれるための条件《じょうけん》だった。

『借金《しゃっきん》の一部《ぶ》を免除《めんじょ》するかわりに、アルテミスの外壁《がいへき》を残《のこ》らずきれいに掃除《そうじ》せよ』

セトの頭上《ずじょう》では箒《ほうき》にまたがったメリが、オーケストラの指揮者《しきしゃ》のように杖《つえ》をふるって複数《ふくすう》の箒《ほうき》をあやつっていた。箒《ほうき》たちはメリの指示《しじ》にしたがい、てきぱきとした動《うご》きで手際《てぎわ》よく掃除《そうじ》を進《すす》めていく。黒銀《こくぎん》の手袋《てぶくろ》で魔法《まほう》を封《ふう》じられたセトにとって、うらやましすぎる光景《こうけい》だった。

「ちぇ、箒《ほうき》が使《つか》えれば、オレだって……」

うらめしげに手袋《てぶくろ》を見《み》つめても、状況《じょうきょう》が変《か》わるわけではない。

「ええい、メリに負《ま》けてられるか！」

セトが作業《さぎょう》スピードを上《あ》げようとしたとき、メリの箒《ほうき》がすーっと近《ちか》づいてきた。

「調子《ちょうし》はどうですか～？　上《うえ》のほうの壁《かべ》は、もうすぐ終《お》わりそうですよ～」

「ピュピュ～イ！」

メリのまわりを飛《と》びまわりながら、ミスター・ボブリーも得意《とくい》げに鳴《な》いた。

「うふふ……。あ、そういえば、ドクはなにをやってるのかしら？」

「ドクだったら、ほかの場所《ばしょ》で仕事《しごと》してるはずだぞ。えーと、どこだったっけな」

「そうですか～……。まあ、とにかく私《わたし》たちは、あたえられた作業《さぎょう》をがんばりましょう」

ドクのことなどすぐに忘《わす》れて、セトとメリは掃除《そうじ》に集中《しゅうちゅう》した。箒《ほうき》を使《つか》えるメリの機動性《きどうせい》と、セトの気合《きあ》いと根性《こんじょう》で、作業《さぎょう》はおどろくほどのペースで進《すす》み、やがて終《お》わりが見《み》えてくる……。

「……こっち側《がわ》は、だいたい終《お》わったな」

「ええ、がんばりましたね、セト！　……あら？　なんでしょう、あれは？」

外壁近《がいへきちか》くの空《そら》になにかを見《み》つけたのか、メリが箒《ほうき》で壁《かべ》のふちのほうへ飛《と》んでいく。セトも外壁《がいへき》にへばりつきながら、メリのあとを追《お》った。

「ほら、あれです、セト！　なにかがふらふらと近《ちか》づいてくるみたい……」

メリの指《ゆび》さした先《さき》では、だれかが箒《ほうき》で空《そら》を飛《と》んでいた。

ひとりではない。数人《すうにん》の人間《にんげん》がむりやり1本《ぽん》の箒《ほうき》にしがみついているように見《み》える。ふらふらして見《み》えたのは、箒《ほうき》がその重《おも》みにたえきれないせいだろう。

「う～ん、むこうにある通用口《つうようぐち》にむかってるみたいですね」

「よしっ！　オレ、ちょっとたしかめに行《い》ってくる！」

外壁《がいへき》のふちによじのぼったセトが、メリの返事《へんじ》も待《ま》たずに走《はし》りだした。

「……ん？　なんだ、あいつら？」

通用口《つうようぐち》に着《つ》いたセトは、そこでなにやらごそごそしているあやしい人影《ひとかげ》を見《み》つけた。目《め》をこらしてよく見《み》ると、なんとそれは、パンツ一丁《いっちょう》の4人組《にんぐみ》……!?　パンツ姿《すがた》のあやしい男《おとこ》たちは、どうやら通用口《つうようぐち》の扉《とびら》をこじあけようとしているらしい。その足《あし》もとには魔法《まほう》の箒《ほうき》がおいてある。

「しかしボス、アルテミスの宝物庫《ほうもつこ》の場所《ばしょ》なんて、よくご存《ぞん》じでしたね！」

4人組《にんぐみ》の話《はな》し声《ごえ》が、セトの耳《みみ》にも聞《き》こえてきた。

「わっははは！　俺《おれ》のかしこさは『変態的《へんたいてき》』なんだよ！」

「ボス、それを言《い》うなら『天才的《てんさいてき》』ですって！」

（あれ？　この感《かん》じ……なんだか覚《おぼ》えがあるような、ないような……？）

セトが首《くび》をかしげたとき、男《おとこ》たちのひとりがセトの気配《けはい》に気《き》づいた。

「だれかいるのか!?」

用心深《ようじんぶか》く近《ちか》づいてきた男《おとこ》と、はちあわせになるセト！

「こ、小僧《こぞう》！　て、てめえは……」

「ああっ！　……って、だれだったっけ？」

セトのもらした一声《ひとこえ》に、パンツ男《おとこ》たち全員《ぜんいん》がその場《ば》にずっこける。

「あいかわらず、ふざけたガキだぜ！　俺《おれ》たちは、さすらいの大《おお》ドロボウ4人組《にんぐみ》……その名《な》も、ブレイブ・カルテット!!　おいっ、野郎《やろう》ども！」

そう、彼《かれ》らはまさしく、〝あの〟ブレイブ・カルテットだった。新《あたら》しく考案《こうあん》したらしいポーズをそろってきめるが、ジジだけがひとり逆《ぎゃく》をむいているのはまったく変《か》わっていない。

「おまえら、あのときのインチキ魔法使《まほうつか》い！　でも、アルマがつかまえたはずじゃ……？」

「アルマ？　ああ、たしかにあの女魔法使《おんなまほうつか》いはやっかいだったが、あいつからはなれたあとは、警備《けいび》がまるでザルでな！　美《うつく》しく脱獄《だつごく》してやったぜ！」

ボスが胸《むね》をはると、ジジたち３人《にん》の子分《こぶん》がいっせいに笑《わら》った。

「セト！　だれかいたんですか？　……ああっ!?」

セトを追《お》ってきたメリとミスター・ボブリーが、４人《にん》の姿《すがた》を見《み》て顔《かお》を引《ひ》きつらせた。

「きゃああああっ！　ぱ、ぱ、パンツ!?」

「ピユッ、ピユピユーイッ!?」

「メリ、さがってろ！　こいつら、人《ひと》をだましてぬすみを働《はたら》く、悪《わる》い魔法使《まほうつか》いなんだ！　おい、おまえら、またろくでもないことをしにきたんだろ！」

「くっくっく……大正解《だいせいかい》！　ここの宝物庫《ほうもつこ》には貴重《きちょう》なマジック・アイテムが山《やま》ほど眠《ねむ》ってると聞《き》いてな。ちょいとそいつをわけてもらうことにしたのさ」

杖《つえ》をかまえたメリが、セトの前《まえ》に進《すす》みでた。

「セト、ここは私《わたし》に！　……**メテオール・ドロップス！**」

攻撃魔法《こうげきまほう》を放《はな》つメリ。だが、〝裏《うら》メリ〟のときにくらべると威力《いりょく》がかなり弱《よわ》い。

「ジジ！　ブレイブ・シールドだ！」

ジジのパンツがとつぜん、光《ひか》り輝《かがや》いたかと思《おも》うと、発動《はつどう》した防御魔法《ぼうぎょまほう》がメリの攻撃《こうげき》をふせぐ。

「えっ、ウソ！　あの人《ひと》たち、杖《つえ》も手袋《てぶくろ》もなしに、魔法《まほう》を……!?」

「今度《こんど》はこっちの番《ばん》だ！　**ブレイブ・ミサイル！**」

ボスのおしりから発射《はっしゃ》された魔力弾《まりょくだん》を、メリのリパルスがくいとめる。

「……あの人《ひと》たちの魔法《まほう》の秘密《ひみつ》、私《わたし》、わかりましたよ！　あのパンツです！」

「わははははは、なかなかカンのいいお嬢《じょう》さんだ！　そう、俺《おれ》たちのパンツは特別製《とくべつせい》！　魔法《まほう》の手《て》袋《ぶくろ》と同《おな》じ素材《そざい》でできてるんだよ！」

「そんな貴重《きちょう》なもんを、よりによってパンツにしやがったのかよ！」

「パンツをなめるなよ、小僧《こぞう》！　パンツは人間《にんげん》にとってもっとも大切《たいせつ》な布《ぬの》だぞ！　特《とく》に……このパンツのはき心地《ごこち》はバツグンなんだ。俺《おれ》の魔法《まほう》のキレもバツグンだぜ！」

ボスが全身《ぜんしん》に力《ちから》をこめると、無数《むすう》の爆弾《ばくだん》が発射《はっしゃ》される！

「くらえ、**ブレイブ・ボンバー!!**」

メリがとっさにメテオール・ドロップスをくりだして、ボスの攻撃《こうげき》を打《う》ち消《け》した。

「攻撃魔法《こうげきまほう》は苦手《にがて》ですけど、私《わたし》だって特訓《とっくん》してるんですからね！」

少《すこ》し得意《とくい》げにそう言《い》ってから、メリがセトにつけ加《くわ》える。

「この人《ひと》たち、あんなかっこうしてますけど、魔法《まほう》の腕《うで》はたしかみたいです」

「くく……おほめにあずかり『光栄《こうえい》』だ！」

「ボス！　それを言《い》うなら――」

「『光栄《こうえい》』であってんじゃねーか！　……って、そんなことより、おい、小僧《こぞう》。おまえ、魔法《まほう》が使《つか》えないんだろう？」

ボスのセリフを聞《き》いたセトが、反射的《はんしゃてき》に自分《じぶん》の手袋《てぶくろ》をかくした。

「その手袋《てぶくろ》、黒銀製《こくぎんせい》だな？　ファンタジアを集《あつ》めたくても、集《あつ》められねえよな～」

ボスがにやにや笑《わら》いながら、セトに話《はな》しかける。

「どうだ、取《と》り引《ひ》きしないか？　俺《おれ》たちの仕事《しごと》を見《み》のがしてくれれば、手袋《てぶくろ》をはずしてやる」

「信《しん》じられるか！　おまえたち、前《まえ》にオレをだましたじゃないか！」

「あのときは、まだおまえの力《ちから》を知《し》らなかったからさ。……これでもなあ、俺《おれ》はおまえのことを高《たか》く買《か》ってるんだぜ？」

大《おお》げさな身《み》ぶりをまじえながら、ボスがセトに歩《あゆ》みよる。

「おまえのパンチ、なかなかのもんだった。この俺《おれ》サマをぶっとばし、おまけにあのおそろしいネメシスまでたおしたんだからな！　そんな男《おとこ》に敬意《けいい》を表《ひょう》さないわけないだろう？」

ボスのセリフに、子分《こぶん》たちもウンウンとうなずいた。

「だからこそ、いまのおまえのつらさはよくわかる。同情《どうじょう》するぜ！」

「オレに、同情《どうじょう》だって？」

セトがボスに聞《き》きかえした。

「この世《よ》は力《ちから》がすべてだ。力《ちから》さえあれば、世《よ》のなかを自分《じぶん》の思《おも》いどおりにできる。……その力《ちから》の源《みなもと》を、くだらねえ手袋《てぶくろ》なんぞで封《ふう》じられたら、そりゃあつらいにきまってるさ。なあ？」

「お、オレは、オレは……」

(そんなことのために力《ちから》がほしいんじゃない！　そうだ、オレは、こいつらとはちがうんだ！)

「おまえらといっしょにするな！　そりゃあオレだって力《ちから》はほしいよ！　強《つよ》くなりたいよ！　で

もな！　オレは、オレは、おまえらみたいなカッコわるい力《ちから》の使《つか》い方《かた》、絶対《ぜったい》にするもんか！」

「ちっ、交渉決裂《こうしょうけつれつ》だな。……いくぞ、おまえら！　**アルティメット・ブレイブ・アターック！**」

４人《にん》がおしりをつきだすと同時《どうじ》に、彼《かれ》らのパンツからいっせいに攻撃魔法《こうげきまほう》が放《はな》たれた。

「!!」

ふいをつかれたメリとセトははげしい爆発《ばくはつ》にまきこまれ、そのまま姿《すがた》が見《み》えなくなる。

「わっははは！　俺《おれ》たちの圧倒的《あっとうてき》な『力《ちから》』の前《まえ》じゃあ、なんにもできねえみたいだな！」

高笑《たかわら》いしたボスだったが、目《め》の前《まえ》のふたりがまったくの無傷《むきず》で立《た》っているのに気《き》づいて、さっと顔色《かおいろ》を変《か》えた。

「て、てめえ、いつのまに防御魔法《ぼうぎょまほう》を……!?」

「**……さっきから聞《き》いてりゃあ、よく鳴《な》く豚《ぶた》どもだね**」

それはもちろん、〝ふだん〟のメリではなく、あきらかに〝裏《うら》メリ〟の声《こえ》だった！

「**豚《ぶた》なら豚《ぶた》らしく、丸焼《まるや》きになりな！**」

裏《うら》メリの強力《きょうりょく》な攻撃魔法《こうげきまほう》、イグニス・ランペアがブレイブ・カルテットにおそいかかる。ジジのブレイブ・シールドでボスとジジは難《なん》をのがれたが、残《のこ》りのふたりは丸《まる》コゲになった。

「**２匹《ひき》、うちもらしたか。ヒゲ野郎《やろう》をたおすにはシールドをなんとかしないとね**」

「メリ、ちょっと！　オレに考《かんが》えがあるんだ」

セトが裏《うら》メリになにやら耳打《みみう》ちした。それを聞《き》いた裏《うら》メリが一瞬《いっしゅん》、顔《かお》をくもらせる。

「……ホントに、いいんだね？」

「ああ、もちろん！　遠慮《えんりょ》しないでやってくれ！」

裏《うら》メリの攻撃《こうげき》が、ボスとジジめがけてふたたびさく裂《れつ》した。もちろんジジもまた魔法《まほう》のシールドを展開《てんかい》して身《み》を守《まも》る。

「ばかめ！　いくら攻撃《こうげき》しようと結果《けっか》は同《おな》じ――」

言《い》いかけたボスとジジの頭上《ずじょう》から、まるで隕石《いんせき》のようにふってきたのは……セトだった！

「うおおおっ、くらえっ!!」

「ま、まさか、いまの爆発《ばくはつ》を利用《りよう》して、飛《と》んできたっていうのか!?」

ボスの顔面《がんめん》に、セトのパンチが直撃《ちょくげき》した。

ボスは鼻血《はなぢ》を盛大《せいだい》にふきだしながら、そのまま地面《じめん》にたおれこんだ。残《のこ》されたジジの頭《あたま》を、近《ちか》づいてきた裏《うら》メリがなぐりつける。

「てめえも、おねんねの時間《じかん》だよ」

ジジはあえなく気絶《きぜつ》して、ボスのとなりにひっくりかえった。

「へへへ、うまくいったな！」

胸《むね》をはったセトを見《み》て、裏《うら》メリがあきれたような顔《かお》で言《い》う。

「まったく、へたしたらアンタまで吹《ふ》っとぶところだったんだよ？」

「ふふ、メリが失敗《しっぱい》なんてするわけないだろ！」

照《て》れたように顔《かお》をそむけた裏《うら》メリが、そっとまぶたを閉《と》じた。ストレス状態《じょうたい》から解放《かいほう》されたのだろう、次《つぎ》に目《め》をひらいたとき、そこにいたのは〝ふだん〟のメリだった。

「さすがセトですね！　さあ、パンツさんたちが目《め》を覚《さ》ます前《まえ》につかまえちゃいましょう！」

ボスのほうに近《ちか》づいていくメリには、残念《ざんねん》ながらあきらかに油断《ゆだん》があった。

「きゃっ！」

たおれていたはずのボスが鼻血《はなぢ》をたらしたままの顔《かお》で、メリの腕《うで》をひねりあげていた。

「形勢逆転《けいせいぎゃくてん》だな、小僧《こぞう》。さあ、この小娘《こむすめ》の命《いのち》が惜《お》しければ……」

「ピユッピユピユピユイ～ッ!!」

身《み》をかくしていたミスター・ボブリーがとつぜんとびだしてきて、ボスの顔《かお》にしがみつく。

「わっ!?　な、なんだこいつは！　い、痛《いた》っ、かむんじゃねえ!!」

小動物《しょうどうぶつ》の予期《よき》せぬ襲撃《しゅうげき》に、ボスはたまらずメリの手《て》をはなした。なおもまとわりつくボブリーともみあいながら、ボスがよろよろと外壁《がいへき》のふちに近《ちか》づいていった。そのまま進《すす》めば、足《あし》をふみはずして空《そら》に投《な》げだされてしまう……！

「あっ、やばい！」

落《お》ちていた箒《ほうき》をとっさにひろいあげたセトがかけよるのと、ボスが外壁《がいへき》から落《お》ちるのとは、ほぼ同時《どうじ》の出来事《できごと》だった。

「うわああああああーーッ!!」

走《はし》ってきたセトは落下《らっか》したボスを追《お》って、そのまま空《そら》へと身《み》を投《な》げだした！

「くっ！　早《はや》く箒《ほうき》に乗《の》らないと……！」

魔法《まほう》の箒《ほうき》で空《そら》を飛《と》ぶためには、ヤガの手袋《てぶくろ》をはずさねばならない。

セトが手袋《てぶくろ》に手《て》をかけたとき、ヤガに言《い》われたあの言葉《ことば》が頭《あたま》のなかによみがえってきた。

『きまっておろう。破門《はもん》じゃあっ!!』

（わ、わかってるよ！　だけど、だけど、いま、魔法《まほう》を使《つか》わなかったら、あいつは――）

「くっ！　破門《はもん》だろうがなんだろうが、そんなの関係《かんけい》ねえや!!」

手袋《てぶくろ》をはずそうとしたセトの全身《ぜんしん》に、いましめの電撃《でんげき》がほとばしる。苦痛《くつう》に顔《かお》をゆがめながら、セトはもう一度《ど》、ヤガの言葉《ことば》を思《おも》いだしていた。

『セト……。おぬしがめざすものはなんなのじゃ？』

そのこたえはすぐにでた。自分《じぶん》が力《ちから》を求《もと》める理由《りゆう》を、いまこそセトは完全《かんぜん》に理解《りかい》したのだ。ほしいのは「だれかを救《すく》うための力《ちから》」だ。その力《ちから》で「カッコイイ魔法使《まほうつか》い」になりたいのだ！

電撃《でんげき》の痛《いた》みも、破門《はもん》をおそれる心《こころ》も、セトのなかから消《き》えてなくなっていた……。

* * *

「――すまねえ、ヤガ！　オレ、約束《やくそく》を守《まも》れなかった！」

ヤガのもとをおとずれたセトが、深《ふか》く頭《あたま》をさげながら大声《おおごえ》であやまった。

「ちがうんです！　セトは最後《さいご》まで言《い》いつけを守《まも》ろうとして……」

とりなすように口《くち》をひらいたメリにむかって、頭《あたま》を上《あ》げたセトがかぶりをふる。

「いいんだ、メリ。オレ、後悔《こうかい》してないし」

どこか晴《は》れ晴《ば》れとしたセトの顔《かお》が、その言葉《ことば》が強《つよ》がりでないことをしめしていた。

「だいじょうぶ！　破門《はもん》になっても、なんとかがんばってみるからさ！」

「はあ……。なにを勝手《かって》にもりあがっとるんじゃ？　ワシがいつ、セトを破門《はもん》にすると？」

そう言《い》うと、ヤガは1個《こ》の水晶玉《すいしょうだま》をとりだした。

水晶玉《すいしょうだま》が光《ひか》りだし、ボスを助《たす》けるセトの姿《すがた》がそこに映《うつ》しだされた。

「……この男《おとこ》が生命《せいめい》の危機《きき》にひんしたとき、おぬしははっきりとわかったはずじゃ。自分《じぶん》がなんのために『力《ちから》』を欲《ほっ》しておったのか……。そして、ためらうことなく手袋《てぶくろ》をはずし、自分《じぶん》のできることをした。目《め》の前《まえ》の命《いのち》を助《たす》けるために……」

おだやかな口調《くちょう》で語《かた》りかけながら、ヤガがセトの顔《かお》を見《み》つめた。

「セト、どうやら見《み》つけたようじゃな。ワシの問《と》いかけに対《たい》する、自分自身《じぶんじしん》のこたえを。だれの助《たす》けも借《か》りることなく、〝大切《たいせつ》なこと〟に気《き》づきおったらしい。ワシは、それを待《ま》っておった」

「ヤガ……それじゃあ、破門《はもん》は……？」

「ワシはこう言《い》ったはずじゃぞ。『こたえを見《み》つけるまで、その手袋《てぶくろ》をはずすことはならん』とな。ぎりぎりとはいえ、見《み》つけたのじゃろう？　今回《こんかい》は合格《ごうかく》にしておいてやるわい」

ヤガの言葉《ことば》を聞《き》いたセトが、その場《ば》でとびあがって大声《おおごえ》をあげる。

「**やったーっ！**」

「よかったですね、セト！」

メリと手《て》をとりあって喜《よろこ》ぶセトに、ヤガがおごそかな口調《くちょう》でさらにつづける。

「小僧《こぞう》、おのれ自身《じしん》の手《て》でつかんだ、そのこたえ……決《けっ》して忘《わす》れるでないぞ？　これをおぬしにわたしておこう。ほれ、受《う》けとるがいい」

そう言《い》うとヤガは、セトに指《ゆび》なしの手《て》袋《ぶくろ》をさしだした。

「おぬしが持《も》っていた手《て》袋《ぶくろ》を、指《ゆび》なしに改造《かいぞう》したものじゃ」

受《う》けとった手《て》袋《ぶくろ》を、セトがじっと見《み》つめる。

「実《じつ》はな、おぬしがこれまでファンタジアをうまくあつかえなかったのは、力量不足《りきりょうぶそく》のほかにも理由《りゆう》がある。おぬしはいままで手《て》袋《ぶくろ》でファンタジアをとらえておらんかった。腕《うで》のまわりに集《あつ》まったファンタジアを、むりやり手《て》袋《ぶくろ》に集《あつ》めようとして、そのほとんどを拡散《かくさん》させてしまっていた」

「で、でも、アルマは、この手《て》袋《ぶくろ》を絶対《ぜったい》にはずすなって……」

「ふつうの魔《ま》法使《ほうつか》いは手《て》袋《ぶくろ》なしで魔《ま》法《ほう》を使《つか》えん。よって、おぬしが素手《すで》のままでいてはあまりにも異端《いたん》すぎる。だからといって、この指《ゆび》なし手《て》袋《ぶくろ》は、いわばベテラン魔《ま》法使《ほうつか》いの証《あか》しじゃ。その若《わか》さで身《み》につけておると、いちゃもんをつけられることも多《おお》くなるじゃろう」

「それじゃあ、その、アルマさんは、それを見《み》こしてわざと……？」

手《て》袋《ぶくろ》を見《み》つめるヤガの目《め》が、ふいにやさしくなった気《き》がした。

「……ていねいに、よーくつくろってあったわい。よい師《し》に恵《めぐ》まれたな、セト？」

「ああ、もちろんさ！」

だまって聞《き》いていたセトが力強《ちからづよ》くうなずくと、受《う》けとった手袋《てぶくろ》を自分《じぶん》の手《て》にはめた。

「うん、ぴったりだ！」

「その手袋《てぶくろ》なら、おぬしが持《も》って生《う》まれた能力《のうりょく》を活《い》かしつつ、いつでもファンタジアが指《ゆび》の下《した》を流《なが》れるのを感《かん》じられるじゃろう」

身《み》がまえたセトが指先《ゆびさき》に精神《せいしん》を集中《しゅうちゅう》してみると、周囲《しゅうい》のファンタジアがまたたくまに集《あつ》まってくるのがわかった。これまでとくらべものにならないほどスムーズに、そして大量《たいりょう》に……！

「す、すごいですよ、セト！」

メリが圧倒《あっとう》されたようにつぶやいた。

「さあ、小僧《こぞう》！　今後《こんご》の修業《しゅぎょう》はいっそうきびしくなると思《おも》え！」

「へへっ！　望《のぞ》むところだぜ！」

「ふふふ。よかったですね、セト！」

「うん！　ありがとな、メリ！　……あれ？　でも、なにか忘《わす》れてるような……」

ほんの一瞬《いっしゅん》だけ考《かんが》えこんだセトが、けれどもすぐに笑顔《えがお》になった。

「……ま、いいか！」

マジェスティック・キャッスルの謁見《えっけん》の間《ま》では、すっかりくつろいだ様子《ようす》のマスター・ロード・マジェスティが、かき氷《ごおり》を食《た》べていた。新鮮《しんせん》な果物《くだもの》や魚介類《ぎょかいるい》が山盛《やまも》りにトッピングされた特《とく》製《せい》である。

「はははははは、ねらいどおり、若者《わかもの》たちがコソどろをひっとらえてくれたわい！　正規《せいき》の軍《ぐん》を動《うご》かすことを思《おも》えば、奴《やつ》らの借金《しゃっきん》をちょいと減《へ》らしてやったほうがはるかに安《やす》くつく！」

かき氷《ごおり》をパクつきながら、マジェスティが満足《まんぞく》そうに高笑《たかわら》いする。

「いや～、得《とく》をしたわい。よいことがあったあとのかき氷《ごおり》は、また格別《かくべつ》にうまいのう！」

玉座《ぎょくざ》の横《よこ》には超大型《ちょうおおがた》のかき氷器《ごおりき》がおかれていた。その動力《どうりょく》ケーブルははるか下《した》の地下室《ちかしつ》までつながっていて……。

アルテミス地下《ちか》の最深部《さいしんぶ》にある動力室《どうりょくしつ》では、息《いき》もたえだえになったドクが、なにやら巨大《きょだい》な装《そう》置《ち》のハンドルをひたすらまわしつづけていた。

「ひい、ひい……借金《しゃっきん》を減《へ》らすためとはいえ、なんて重労働《じゅうろうどう》なんだ！　……それにしても、このばかでかい機械《きかい》……いったい、なんのためのものなんだろ……??」

第《だい》9章《しょう》 箒《ほうき》レースと、そして……

「……なあ、街《まち》がなんだか妙《みょう》に浮《う》かれてる気《き》がするんだけど？」

ケトル・コーヒーのテラス席《せき》から表通《おもてどお》りをながめていたセトが、ふと気《き》づいたようにメリに聞《き》いた。

「うふふ、浮《う》かれていてトーゼンですよ～。だって、もうすぐお祭《まつ》りですもん。マスター・ロード・マジェスティの気分《きぶん》しだいで、数《すう》か月《げつ》ごとにお祭《まつ》りがひらかれるんですよ～」

「祭《まつ》りかあ。へえ……」

そう言《い》われてみると、通《とお》りにならんだ商店《しょうてん》が店先《みせさき》をきれいにかざりつけたりしているし、通《とお》りを行《い》く人《ひと》たちの顔《かお》もふだんより楽《たの》しそうに見《み》えてくる。

「街《まち》の財政《ざいせい》のためにやってるだけさ。外《そと》の国《くに》のゲストから外貨《がいか》をかせぎたいんだよ」

ドクが顔《かお》をしかめながら言《い》った。

「……ま、そうして外《そと》とつながりを密《みつ》にしておくことで、異端審問官《いたんしんもんかん》たちがおいそれとアルテミスに手《て》をださないようにする……そういう意味合《いみあ》いもあるんだろうがね。要《よう》するに、わざとデリケートな状態《じょうたい》にしておくことで、このアルテミスを防衛《ぼうえい》しているってわけだ」

「ふ〜ん……って、どーゆーことだ？」

「わからんのなら気《き》にするな。そんなことより……」

祭《まつ》りの開幕《かいまく》を伝《つた》えるバルーンが空《そら》に浮《う》かぶのを見《み》あげながら、ため息《いき》をつくドク。

「あ〜あ、おまえが本当《ほんとう》に大魔法使《だいまほうつか》いだったら、祭《まつ》りの目玉《めだま》の箒《ほうき》レースでどっとかせいで、一気《いっき》に借金返済《しゃっきんへんさい》……なんてことも可能《かのう》なんだがなあ」

「箒《ほうき》レース？　なんだそれ？」

「興味《きょうみ》があるなら行《い》ってみます？　ちょうどこれから中央広場《ちゅうおうひろば》で、レースの説明会《せつめいかい》がひらかれるはずよ」

「ホントか!?　行《い》く行《い》く!!」

中央広場《ちゅうおうひろば》に集《あつ》まったおおぜいの人々《ひとびと》が、マスター・ロード・マジェスティのスピーチに耳《みみ》をかたむけていた。

「親愛《しんあい》なる魔法使《まほうつか》いたちよ、〝このとき〟がまたやってきた！　腕《うで》に覚《おぼ》えのある者《もの》は参加《さんか》するがいい！　今回《こんかい》の優勝賞金《ゆうしょうしょうきん》は、なんと1千万《せんまん》ダイムじゃあっ!!」

高額《こうがく》の賞金《しょうきん》にもりあがる人々《ひとびと》のなかに、不満《ふまん》の声《こえ》をもらす者《もの》がいた。メリにつれられてやってきたセトである。

箒《ほうき》レースの係員《かかりいん》から、参加費《さんかひ》が10万《まん》ダイムかかると聞《き》かされたのだ。アルテミス史上第《しじょうだい》1位《い》の借金額《しゃっきんがく》をほこるセトに、そんな大金《たいきん》をはらえるはずがない。

「残念《ざんねん》でしたね、セト。今回《こんかい》はあきらめるしかないかな」

「ちぇっ、ヤガの修業《しゅぎょう》のおかげで、かなり腕《うで》を上《あ》げたってのにさ！　あ〜あ、オレの華麗《かれい》な箒《ほうき》テクニックを見《み》せてやりたかったなあ……」

「なんだと!?」

「笑《わら》わせるな、おまえみたいな田舎者《いなかもの》がまさかレースに勝《か》つつもりでいたんじゃないだろうな？」

セトがふりかえると、見知《みし》らぬ少年《しょうねん》がにやにや笑《わら》いながらこちらを見《み》つめていた。彼《かれ》のまわりにはこれも同年代《どうねんだい》の——どうやら彼《かれ》のとりまきらしい——少年《しょうねん》たちが腰《こし》ぎんちゃくのようにつきしたがっている。

「……おい、だれだ、こいつ？」

「え〜と……どこかで見《み》たことがあるような、ないような……」

「はあ？　おまえら、俺《おれ》を知《し》らないのか？　それでもここの住人《じゅうにん》か？」

プライドを傷《きず》つけられたのか、少年《しょうねん》は少《すこ》しうろたえていた。

「このニックさんはな、前回《ぜんかい》と前々回《ぜんぜんかい》の箒《ほうき》レースのチャンピオンだぞ」

とりまきのひとりがセトたちをばかにするように言《い》った。別《べつ》のとりまきがつけ加《くわ》える。

「この街《まち》の名士《めいし》にして、若手《わかて》ナンバーワン魔法使《まほうつか》いとうたわれるニックさんを知《し》らないなんて、おまえたち、どうかしてるぜ！」

「おいおい、そんなにほめたたえるなよ。はははは……！」

言葉《ことば》と裏腹《うらはら》にニックの顔《かお》には、「もっとほめろ」と書《か》いてあるように見《み》えた。

「な、なんなんだ、こいつら？」

「思《おも》いだしました！　勝負事《しょうぶごと》にはどんな手段《しゅだん》を使《つか》ってでもかならず勝《か》つ、お金持《かねも》ちの息子《むすこ》のニックさん……でしたっけ？」

「うーん、君《きみ》はどうやらなにか誤解《ごかい》しているらしい……」

あきらかにムッとしたニックが、それでも平静《へいせい》をよそおいながらメリに言《い》った。

「まあいい。俺《おれ》はレディーには寛容《かんよう》だからね」

「……で、その〝肉《にく》〟が、オレになんの用《よう》だよ？」

「えーと、おまえは最近《さいきん》ここに住《す》みついたセト、だったかな？　なんでもちょっと名《な》の知《し》れた魔《ま》法使《ほうつか》い……たしか……そう、アルマといったか。おまえは、そのアルマの弟子《でし》なんだってな？」

「アルマを知《し》ってるのか？」

「ま、名前《なまえ》だけはね。一匹狼《いっぴきおおかみ》をきどってここに入居《にゅうきょ》しようとしなかった魔法使《まほうつか》いなんだろ？ウワサばかりが先行《せんこう》して、そもそも本当《ほんとう》に強《つよ》いのかどうかもあやしいっていう話《はなし》じゃないか」

アルマをばかにされ、セトが顔色《かおいろ》を変《か》える。

「この国《くに》において魔法使《まほうつか》いは協力《きょうりょく》しあわなければならない。それなのに、身勝手《みがって》な話《はなし》だ」

「おい。アルマのことを悪《わる》く言《い》うんじゃねえぞ」

セトがニックをにらみつけた。

「たしかにアルマは、ガサツで怒《おこ》りんぼで、目《め》つきが悪《わる》いけど、でもな！　最強《さいきょう》の魔法使《まほうつか》いなのは本当《ほんとう》だぞ！　アルマを知《し》りもしないくせに、てきとうなことを言《い》うな！」

セトの剣幕《けんまく》におされたのか、ニックがあきらかにひるんだ表情《ひょうじょう》を浮《う》かべる。

「ごちゃごちゃとうるさいな……。俺《おれ》の言《い》ってることがウソだというなら、箒《ほうき》レースで俺《おれ》を負《ま》かしてみろよ。そうすれば信《しん》じてやってもいい」

「望《のぞ》むところだ！」

「その言葉《ことば》、忘《わす》れるんじゃないぞ？　せいぜい土下座《どげざ》の練習《れんしゅう》でもしておくんだな」

ニックはセトに捨《す》てゼリフをはくと、さっさと引《ひ》きあげていった。そのうしろをとりまきたちがぞろぞろとついていく……。

「アッタマにきたぞ、あの野郎《やろう》！」

「……セトは、アルマさんって人《ひと》を、とても信頼《しんらい》してるんですね」

「え？　お、おう、まあな……！」

メリに聞《き》かれたセトが、少《すこ》し照《て》れくさそうにうなずいた。

「どんな人《ひと》なんですか？」

「……あ！　そういえば、メリには話《はな》したことなかったっけ？」

ここにくる少《すこ》し前《まえ》、21番島《ばんとう》で経験《けいけん》した出来事《できごと》をセトはメリに語《かた》って聞《き》かせた。

ネメシス、そしてブレイブ・カルテットと戦《たたか》い傷《きず》ついたセトを、かけつけたアルマが救《すく》ってくれたこと……。

ラディアンを探《さが》しに行《い》くと決意《けつい》したセトに、自分《じぶん》の箒《ほうき》を託《たく》してくれたこと……。

……どれもつい最近《さいきん》のことなのに、なんだか遠《とお》い昔《むかし》のように感《かん》じられる。

「……そうだったんですか〜。セトの箒《ほうき》って、お師匠様《ししょうさま》のものだったんですね！」

「師匠《ししょう》というか、育《そだ》ての親《おや》というか……まあ、アルマってのは、そんな感《かん》じの人《ひと》だ。……へへへ、怒《おこ》っていても怒《おこ》っていなくても、すっげーコワいんだぜ！」

「でも、とっても大切《たいせつ》な人《ひと》なんですね、セトにとって」

「おう！　だから、そのアルマのためにも、この箒《ほうき》で負《ま》けるわけにはいかないんだ！」

ぐいっと拳《こぶし》をにぎりしめるセトを横目《よこめ》に見《み》ながら、メリが小声《こごえ》でぽつりと言《い》った。

「こうなると参加費《さんかひ》、どうにかしないといけませんね〜……」

RADIANT

アルテミスの中心部《ちゅうしんぶ》は、空前《くうぜん》のもりあがりを見《み》せていた。今日《きょう》は祭《まつ》りの最終日《さいしゅうび》。メインイベントの箒《ほうき》レースが始《はじ》まろうとしている。レーシングコースと化《か》した市街《しがい》を、参加《さんか》レーサーと観客《かんきゃく》たちがぎっしりとうめつくしていた。

レースの開始《かいし》をいまかいまかと待《ま》つレーサーたちのなかに、セトの姿《すがた》もあった。その手《て》ににぎられていたのは、もちろんアルマにもらった箒《ほうき》である。

「……」

周囲《しゅうい》の様子《ようす》をきょろきょろとうかがうセト。ほかのレーサーたちの箒《ほうき》はどれもシャープなデザインで、なんだかとても速《はや》そうに見《み》える。

「なあ、おまえの箒《ほうき》、なんだよ、それ？」

となりにいた参加者《さんかしゃ》に、セトはそっとたずねてみた。

「なにって……レース仕様《しよう》の箒《ほうき》だけど？」

「レース仕様《しよう》!?　そんなもん、あったのかよ！」

セトの箒《ほうき》は使《つか》いこまれた旧型《きゅうがた》で、見《み》た目《め》もくたびれているが、そのくらいのことでセトの闘志《とうし》はなえたりしない。なにしろこれはアルマにもらった、世界《せかい》でひとつだけの大切《たいせつ》な箒《ほうき》なのだ。

「俺《おれ》のなんかよりも、ほら、あっちを見《み》てみろよ。最新《さいしん》の出力強化型箒《しゅつりょくきょうかがたほうき》だぜ」

となりの参加者《さんかしゃ》がセトに言《い》った。彼《かれ》の指《ゆび》さす先《さき》にいたのは……あのニックだった！

「ああっ、あいつ……！」

ニックもすぐにセトに気《き》づいて、嫌味《いやみ》っぽい笑顔《えがお》で話《はな》しかけてくる。

「おじけづかずにでてきたか、田舎者《いなかもの》。……それにしても、そんなクラシックな箒《ほうき》で参加《さんか》するとは、このレースをなめているのか？」

「う、うるさい！　箒《ほうき》は見《み》た目《め》じゃないぞ！」

すでに勝利《しょうり》を確信《かくしん》したように笑《わら》うニックたちの頭上《ずじょう》から、箒《ほうき》に乗《の》ったメリが舞《ま》い降《お》りてきた。

「私《わたし》も出場《しゅつじょう》しますよ、セト！　ふたりで力《ちから》をあわせて、アルマさんがすごいんだってこと、みんなに教《おし》えてあげちゃいましょう！」

満員《まんいん》の観客《かんきゃく》にまじって、祈《いの》るような顔《かお》つきのドクがレースのスタートを待《ま》っていた。

「……たのむぞ！　ふたりぶんの参加費《さんかひ》20万《まん》ダイム、ワシが立《た》てかえてるんだからな！」

ドクの手《て》のなかには、このレースの〝賭《か》け〟チケットがある。箒《ほうき》レースはギャンブルの対象《たいしょう》になっており、セトにつけられたオッズはなんと1万倍《まんばい》！　もしもセトが優勝《ゆうしょう》すれば、ふくれあがった借金《しゃっきん》をすべてチャラにすることができる！

「勝《か》てよ、セト、絶対《ぜったい》に勝《か》て！　死《し》んでも勝《か》つんじゃ!!」

ときはきた……。マジェスティのアナウンスが、場内《じょうない》にひびきわたる。

「さあ、位置《いち》につけ、我《わ》が魔法使《まほうつか》いたち！　準備《じゅんび》はいいな？　箒《ほうき》レースのスタートじゃっ！」


ドドドドーン!!!

出走開始《しゅっそうかいし》を告《つ》げる花火《はなび》が打《う》ちあげられ、箒《ほうき》レーサーたちがいっせいに空《そら》に舞《ま》いあがった！

箒《ほうき》に乗《の》った魔法使《まほうつか》いたちが次々《つぎつぎ》と市街地《しがいち》をとびだしていく。

彼《かれ》らが最初《さいしょ》にめざすのは第《だい》一地点《ちてん》に用意《ようい》された『ブイ』だ。各地点《かくちてん》におかれたブイを通過《つうか》しながらコースを一周《いっしゅう》し、スタート地点《ちてん》に戻《もど》ってくるのが箒《ほうき》レースのルールである。

「セト、協力《きょうりょく》しましょう！　どんな妨害《ぼうがい》があるかわかりません！」

「おう、わかったぞ！」

まわりの魔法使《まほうつか》いたちを風圧《ふうあつ》で吹《ふ》きとばしながら、セトがスタートダッシュをきめた。おくれまいとくらいつくメリの近《ちか》くで、箒《ほうき》からふり落《お》とされた者《もの》たちが脱出用《だっしゅつよう》バルーンで宙《ちゅう》に浮《う》かぶ。

「……す、すごい。空《そら》は得意《とくい》だとは思《おも》っておったが、まさかあんな箒《ほうき》で！」

レースを見守《みまも》っていたドクが、信《しん》じられないという口《くち》ぶりでつぶやいた。

「いや、セトの箒《ほうき》は、ああ見《み》えて年季《ねんき》のはいったすぐれものじゃよ」

ドクのとなりにやってきたヤガが、どこか楽《たの》しげな顔《かお》で口《くち》をはさむ。

「それに、あの小僧《こぞう》、ワシの修業《しゅぎょう》で少《すこ》しはパワーアップしとるからな。そこいらのひよっこなんぞ、もう敵《てき》ではないはずじゃ……」

レースが中盤《ちゅうばん》を過《す》ぎるころ、セトの前《まえ》を行《い》くのはもはや先頭集団《せんとうしゅうだん》だけになっていた。すなわちニックと、そのとりまきたちだ。

「くっ、あの田舎者《いなかもの》め！　あんなオンボロ箒《ほうき》で、調子《ちょうし》に乗《の》りやがって！」

ニックが憎々《にくにく》しげにはきすてたとき、上空《じょうくう》の雲《くも》の切《き》れまから巨大《きょだい》なメカが姿《すがた》をあらわした。マスター・ロード・マジェスティがみずから操縦《そうじゅう》する、いやがらせ用《よう》の〝おじゃまメカ〟である！

操縦席《そうじゅうせき》のマジェスティのねらいは、いまにもニックに追《お》いつこうとしているセトだった。

「なにしろオッズが1万倍《まんばい》じゃ。主催者《しゅさいしゃ》として、おまえだけには勝《か》たせるわけにいかん！」

乱入《らんにゅう》してきたおじゃまメカが、機体《きたい》からつきでたアームをぶるんぶるんとふりまわす。

「わっ、ばか！　なにしやがるんだ!?」

セトの箒《ほうき》がアームに激突《げきとつ》しそうになったその寸前《すんぜん》、メリの防御魔法《ぼうぎょまほう》がそれをふせいだ。

まきこまれたほかのレーサーたちが、バタバタとはらい落《お》とされていく……。

レースはいよいよクライマックス……。マジェスティの横《よこ》やりのせいで、すでにほとんどの者《もの》が脱落《だつらく》していた。現在《げんざい》トップに立《た》つのはニックたち。それにセトが追《お》いすがる展開《てんかい》だった。

おじゃまメカがレースの進路《しんろ》に割《わ》りこんでくる。ねらいはもちろんセトの箒《ほうき》だ。

「そりゃっ、受《う》けてみい。**マジェスティック・ファイヤー!**」

マジェスティの攻撃《こうげき》がセトにせまった、そのとき——

「へんっ! こんなもん! **リパルス!!**」

セトのリパルスが攻撃《こうげき》をふせいだ。

「へへっ、修業《しゅぎょう》のおかげで防御魔法《ぼうぎょまほう》だって少《すこ》しは使《つか》えるようになったんだからな! ……いいかげんにしろ! 次《つぎ》はこっちの番《ばん》だぞ!」

セトが拳《こぶし》にファンタジアを集《あつ》める。そして——

「タイタン・パーンチ!!」

セトのパンチが見事《みごと》に命中《めいちゅう》! 大破《たいは》したおじゃまメカから、パラシュートがとびだしてくる。

「ふ〜む、やむをえんわい。脱出《だっしゅつ》するとしようかのう……」

墜落《ついらく》していくおじゃまメカが、すぐ下《した》を飛《と》んでいたメリの箒《ほうき》をまきこんだ。このまま地上《ちじょう》に落《お》ちてしまえば、よくて大《おお》ケガ、最悪《さいあく》の場合《ばあい》は死《し》が待《ま》っている……。

「きゃあっ！」

そのときだ。急降下《きゅうこうか》してきたセトが、メリの身体《からだ》をすくいあげたのである。

「せ、セト！　助《たす》かりました！」

「このままふたりでゴールするぞ！　しっかりつかまってろよ！」


レースはいよいよ最終盤《さいしゅうばん》をむかえようとしていた。ゴールはもう目前《もくぜん》である。

いぜんトップを走《はし》るニックたちを、すさまじいスピードで追《お》いあげていくセト。気《き》づいたニックが、苦々《にがにが》しい顔《かお》で舌打《したう》ちした。

「ちっ！　あんなポンコツに恥《はじ》をかかされてたまるか！」

「ポンコツじゃねえ！　アルマの思《おも》い出《で》がつまった最強《さいきょう》の箒《ほうき》なんだ！」

ニックととりまきたちが、マジック・アイテムで箒《ほうき》に加速《かそく》をかけた。それだけではあきたらず、ニックはセトにむかって魔法攻撃《まほうこうげき》をしかけてくる。メリの防御魔法《ぼうぎょまほう》がその攻撃《こうげき》をふせいだとき、ふたりのとりまきの箒《ほうき》がオーバーヒートを起《お》こし、バラバラになって落《お》ちていった。

「ひいっ、助《たす》けて、ニックさーん！」

ふたりの悲鳴《ひめい》に気《き》づいたのは、なりふりかまわず攻撃《こうげき》をつづけるニックではなく、そのうしろを飛《と》んでいたセトだった……。

セトの追撃《ついげき》をふりきったニックは、そのままトップでゴールインしていた。勝《か》ちどきをあげようとしたとき、自分《じぶん》をむかえる歓声《かんせい》がないことにニックは初《はじ》めて気《き》づいた。

「!?」

とまどいながらふりかえるニック。すると、はるか後方《こうほう》から1本《ぽん》の箒《ほうき》が、ゴールにむかってののろのろ飛《と》んでくるのが見《み》えた。

箒《ほうき》には4人《にん》の人間《にんげん》が乗《の》っている。セトとメリ、そしてニックのふたりのとりまきだ。あのとき、悲鳴《ひめい》に気《き》づいたセトはためらうことなく引《ひ》きかえし、ふたりを救《すく》いだしていたのである。

そして優勝《ゆうしょう》をのがしたセトを待《ま》ちうけていたのは、満場《まんじょう》の観衆《かんしゅう》による大歓声《だいかんせい》だった……。

箒《ほうき》を降《お》りたセトに、ニックがつかつかと近《ちか》づいてきた。

「おい、なにやってんだよ、おまえ？」

セトにかわってこたえたのは、彼《かれ》に助《たす》けられたとりまきたちだった。

「ニックさん、俺《おれ》ら、箒《ほうき》がぶっこわれちまって……それで、こいつに助《たす》けられて……」

「な、なんだと!?」

自分《じぶん》の知《し》らないところでなにが起《お》きていたのか……ニックはようやく理解《りかい》した。

「あ〜あ、でも勝《か》ちたかったなあ。あのままいけば絶対《ぜったい》、オレがイチバンだったのにさ」

残念《ざんねん》がってみせるセトだったが、その表情《ひょうじょう》に後悔《こうかい》の色《いろ》は見《み》られなかった。

「あの、セト君《くん》……」

ふたりのとりまきがセトの背中《せなか》に声《こえ》をかける。

「助《たす》けてくれて、ありがとうな」

「お？　ああ、気《き》にすんなって！　ケガすんのはだれだっていやだもんな！」

「……お、おい、おまえ！　いったいなにを考《かんが》えてるんだよ！」

ぼうぜんとしていたニックが、やっとの思《おも》いでしぼりだすような声《こえ》をだした。

「なにを、って……魔法使《まほうつか》いならさ、人《ひと》を助《たす》けてとうぜんだろ？　そう、アルマみたいにカッコイイ魔法使《まほうつか》いなら……！」

セトはさも当然《とうぜん》のようにそう言《い》うと、なんのくったくもない顔《かお》で笑《わら》うのだった。

パラシュートで脱出《だっしゅつ》したマジェスティは、貴賓席《きひんせき》からセトの様子《ようす》をながめていた。

「1万倍《まんばい》の奴《やつ》が勝《か》たなくてよかったわい。あの小僧《こぞう》、まさかここまでやりよるとはなあ……」

セトにそそがれる視線《しせん》が、ひときわするどくなった。

「しかし、あのアルマの弟子《でし》……いよいよもって逸材《いつざい》やもしれぬな。……ふむ」

数日後《すうじつご》……。セトとメリ、そしてドクの3人《にん》は、またケトル・コーヒーのテラス席《せき》にいた。ドクは目《め》の前《まえ》にたくさんの仕事依頼書《しごといらいしょ》をひろげて、頭《あたま》をかかえている。
「……うーん、ワリのいい案件《あんけん》はなかなかないもんだわい」
「なにをそんなに悩《なや》んでるんだよ。ドク？」
「だれのせいだと思《おも》ってる!?　箒《ほうき》レースの参加費《さんかひ》のぶんだけ借金《しゃっきん》がさらに増《ふ》えたんだぞ！　だか

ら少《すこ》しでもいい仕事《しごと》がないか、こうして探《さが》しとるんじゃないか！」

セトをどなりつけたドクが、すぐまた依頼書《いらいしょ》に視線《しせん》を落《お》とす。

「……ええと、『マスター・ロード・マジェスティを24時間《じかん》うちわであおぐ係《かかり》』……そんなドレイみたいな仕事《しごと》、二度《ど》とゴメンだ。こっちは『新《あたら》しい魔法薬《まほうやく》の実験台《じっけんだい》』？　危険《きけん》すぎるわ！」

やけになったドクが依頼書《いらいしょ》の束《たば》を頭上《ずじょう》にほうり投《な》げた。そのうちの1枚《まい》がひらひらと風《かぜ》に舞《ま》い、ドクの目《め》の前《まえ》に落《お》ちてくる。

「……ん？　なんだ、この依頼《いらい》は？　なになに、**『正体不明《しょうたいふめい》のネメシス狩《が》り』**だと？　い、いかんいかん！　これは一番受《ばんう》けちゃならん、危険度《きけんど》ＭＡＸの仕事《しごと》じゃないか！　……よし、これは見《み》なかったことにして――」

ドクのうしろから手《て》をのばしたセトが、その依頼書《いらいしょ》をすっととりあげた。

「ネメシス狩《が》りだってえっ!?」

セトの横《よこ》から顔《かお》をだしたメリが、依頼書《いらいしょ》の文面《ぶんめん》を読《よ》みあげる。

「『場所《ばしょ》は、ランブル・タウン、ですか。そんなに遠《とお》くじゃないですね～。え～と……『うちの息子《むすこ》がネメシスと遭遇《そうぐう》してしまったようです』……まあ！　『行方不明者《ゆくえふめいしゃ》もたくさんでているのに、街《まち》の異端審問所《いたんしんもんじょ》は信《しん》じてくれません。勇気《ゆうき》ある魔法使《まほうつか》いの方《かた》、なんとかしていただけませんでしょうか』……ですって！」

「よしっ、なんとかしてやろうぜ！　カッコイイ魔法使《まほうつか》いは、人《ひと》を助《たす》けるのが仕事《しごと》だからなっ！」

「ば、ば、ばかなことを言《い》うな！　そんな危険《きけん》なまねができるか！」

「でもドク、ネメシスをいけどりにできれば、たくさんおカネがもらえますよ」

ドクの顔《かお》をのぞきこみながら、メリがさらに言《い》う。

「……借金《しゃっきん》を一気《いっき》に減《へ》らせるチャンスかもしれませんね～？」

「考《かんが》えてもみろ！　この小僧《こぞう》が、ネメシスにたちうちできると思《おも》うのか!?　わざわざ死《し》にに行《い》くようなものだぞ。いくら賞金《しょうきん》が手《て》にはいるとはいえ、そんな無謀《むぼう》なことに、ワシがつきあう義理《ぎり》などないからな!!」

「……あながちそうとも言《い》いきれぬぞ」

「へっ!?」

とつぜん、背後《はいご》から声《こえ》がした。ドクがおどろいてふりかえると、腕組《うでぐ》みをしたヤガがそこにいた。

「ヤガじゃないか！　いつのまにきてたんだ？　びっくりしたぞ！」

話《はな》しかけてきたセトをちらりと見《み》たヤガが、うなずきながらつづける。

「……いや、むしろ〝頃合《ころあ》い〟というべきかもしれんのう。そこのチョビひげが言《い》うように、たしかに危険《きけん》なことじゃ。ネメシスはおそるべき力《ちから》を秘《ひ》めておるからのう。じゃが……それでも行《い》くというなら――」

ヤガの言葉《ことば》をさえぎって、セトがすぐさま断言《だんげん》する。

「行《い》くさ！　行《い》くにきまってるだろ！」

「ふふふ……おぬしなら、そう言《い》うと思《おも》ったわい」

「わかってたんなら、初《はじ》めっから聞《き》くなよな！」

セトの瞳《ひとみ》をまっすぐに見《み》すえながら、ヤガがさらに言《い》う。

「いいか、セト。おぬしも知《し》ってておるように、外《そと》の世界《せかい》は決《けっ》してやさしくない。そんな世界《せかい》で、おぬしが本当《ほんとう》に戦《たたか》うべきものはなんなのか？　守《まも》るべきものはなんなのか？　その目《め》を決《けっ》してくもらせることなく、しかと見《み》きわめてくるがいい……！」

「ああ、わかった、ヤガ！　オレ、ぜーんぶ見《み》てくるぞ！　でもって帰《かえ》ってきたら、見《み》てきたもんをヤガにも教《おし》えてやるからな！」

セトは笑顔《えがお》でそうこたえると、手袋《てぶくろ》をはめた右手《みぎて》を力強《ちからづよ》くにぎってみせた。そう、アルマとヤガの〝想《おも》い〞のこもった、あの『指《ゆび》なしの手袋《てぶくろ》』である。

「……へへへへ、ランブル・タウンかあ。いったい、どんな場所《ばしょ》なんだろうな？」

まだ見《み》ぬその場所《ばしょ》を思《おも》い描《えが》きながら、天《てん》をあおぐセト。陽《ひ》の光《ひかり》を受《う》けて輝《かがや》くその瞳《ひとみ》に映《うつ》るのは、希望《きぼう》——ただ、それだけだった。

partie 01: Fin

〈おわり〉

この本はアニメ『ラディアン』をもとにノベライズしたものです。

集英社みらい文庫

ラディアン
アニメノベライズ
～見習《みなら》い魔法使《まほうつか》い・セトの冒険《ぼうけん》～

トニー・ヴァレント　原作
沢村光彦《さわむらみつひこ》　著
上江洲《うえず》 誠《まこと》　重信《しげのぶ》 康《こう》　蒼樹靖子《あおきやすこ》　脚本

ファンレターのあて先
〒101-8050　東京都千代田区一ツ橋2-5-10　集英社みらい文庫編集部
いただいたお便りは編集部から先生におわたしいたします。

2018年12月26日　第1刷発行

発行者　北畠輝幸
発行所　株式会社 集英社
〒101-8050　東京都千代田区一ツ橋2-5-10
電話　編集部 03-3230-6246
読者係 03-3230-6080
販売部 03-3230-6393（書店専用）
http://miraibunko.jp
装丁　阿部亮爾（バナナグローブスタジオ）　中島由佳理
編集協力　株式会社フィクション・スタジオ
印刷　図書印刷株式会社　凸版印刷株式会社
製本　図書印刷株式会社

ISBN978-4-08-321479-0　C8293　N.D.C.913　200P　18cm

カッコいい大《だい》魔《ま》法《ほう》使《つか》いを目《め》指《ざ》し
冒《ぼう》険《けん》は加《か》速《そく》していく

アルテミスで背負《せお》わされた
借金《しゃっきん》をかえすべく(!?)
セトたちは、危険《きけん》な
“ネメシス狩《が》り”の
仕事《しごと》を引《ひ》き受《う》け、
“ランブル・タウン”へと
向《む》かう!!!
アニメ『ラディアン』に関《かん》する情報《じょうほう》は、
アニメ『ラディアン』インフォ＋《プラス》
https://anime-radiant.com/を見《み》てね！

特殊教科《とくしゅきょうか》”お宝《たから》バトル“で
学校指定《がっこうしてい》のお宝《たから》を
探《さぐ》って
だまして
奪《うば》いあえ!!
授業《じゅぎょう》なのにバトル!?
卒業生《そつぎょうせい》から数多《かずおお》くの
才能《さいのう》あふれる人《ひと》たちが出《で》ている、
超有名人気学校《ちょうゆうめいにんきがっこう》「私立鳳凰小学校《しりつほうおうしょうがっこう》」。
他《ほか》の小学校《しょうがっこう》と大《おお》きくちがうところ、
それは…… 〝お宝《たから》バトル〟という
特殊教科《とくしゅきょうか》があること!
子《こ》どもたちの知恵《ちえ》や体力《たいりょく》、
ときには運《うん》も試《ため》される
バトルの勝敗《しょうはい》の行方《ゆくえ》は!?
2019年《ねん》
1月《がつ》24日《か》㊍《もく》発売《はつばい》!

生《せい》徒《と》全《ぜん》員《いん》がライバル！
放《ほう》課《か》後《ご》の校《こう》舎《しゃ》でお宝《たから》を巡《めぐ》るバトルロイヤル！
志《し》田《だ》もちたろう・作《さく》
NOEYEBROW《ノーアイブロウ》・絵《え》
僕《ぼく》らのハチャメチャ課《か》外《がい》授《じゅ》業《ぎょう》
一《いっ》発《ぱつ》逆《ぎゃく》転《てん》
お宝《たから》バトル

凶《きょう》暴《ぼう》化《か》した猛《もう》獣《じゅう》
仲《なか》間《ま》と協《きょう》力《りょく》して
脱《だっ》出《しゅつ》を試《こころ》みるが……!?
大《だい》地《ち》が目《め》にしたものは……!?
猛《もう》獣《じゅう》学《がく》園《えん》!
アニマルパニック
百《ひゃく》獣《じゅう》の王《おう》ライオン
から逃《に》げきれ!
緑川聖司 作
畑 優以 絵
集英社みらい文庫
大《だい》好《こう》評《ひょう》発《はつ》売《ばい》中《ちゅう》!!!!!

「みらい文庫《ぶんこ》」読者《どくしゃ》のみなさんへ

言葉《ことば》を学《まな》ぶ、感性《かんせい》を磨《みが》く、創造力《そうぞうりょく》を育《はぐく》む……、読書《どくしょ》は「人間力《にんげんりょく》」を高《たか》めるために欠《か》かせません。たった一枚《いちまい》のページをめくる向《む》こう側《がわ》に、未知《みち》の世界《せかい》、ドキドキのみらいが無限《むげん》に広《ひろ》がっている。これこそが「本《ほん》」だけが持《も》っているパワーです。

学校《がっこう》の朝《あさ》の読書《どくしょ》に、休《やす》み時間《じかん》に、放課後《ほうかご》に……。いつでも、どこでも、すぐに続《つづ》きを読《よ》みたくなるような、魅力《みりょく》に溢《あふ》れる本《ほん》をたくさん揃《そろ》えていきたい。読書《どくしょ》がくれる、心《こころ》がきらきらしたり胸《むね》がきゅんとする瞬間《しゅんかん》を体験《たいけん》してほしい、楽《たの》しんでほしい。みらいの日本《にほん》、そして世界《せかい》を担《にな》うみなさんが、やがて大人《おとな》になった時《とき》、「読書《どくしょ》の魅力《みりょく》を初《はじ》めて知《し》った本《ほん》」「自分《じぶん》のおこづかいで初《はじ》めて買《か》った一冊《いっさつ》」と思《おも》い出《だ》してくれるような作品《さくひん》を一所懸命《いっしょけんめい》、大切《たいせつ》に創《つく》っていきたい。

そんないっぱいの想《おも》いを込《こ》めながら、作家《さっか》の先生方《せんせいがた》と一緒《いっしょ》に、私《わたし》たちは素敵《すてき》な本作《ほんづく》りを続《つづ》けていきます。「みらい文庫《ぶんこ》」は、無限《むげん》の宇宙《うちゅう》に浮《う》かぶ星《ほし》のように、夢《ゆめ》をたたえ輝《かがや》きながら、次々《つぎつぎ》と新《あたら》しく生《う》まれ続《つづ》けます。

本《ほん》を持《も》つ、その手《て》の中《なか》に、ドキドキするみらい――。

本《ほん》の宇宙《うちゅう》から、自分《じぶん》だけの健《すこ》やかな空想力《くうそうりょく》を育《そだ》て、〝みらいの星《ほし》〟をたくさん見《み》つけてください。

そして、大切《たいせつ》なこと、大切《たいせつ》な人《ひと》をきちんと守《まも》る、強《つよ》くて、やさしい大人《おとな》になってくれることを心《こころ》から願《ねが》っています。

2011年《ねん》　春《はる》

集英社《しゅうえいしゃ》みらい文庫《ぶんこ》編集部《へんしゅうぶ》